転生したら、なんか頼られるんですが

3

Nekozuki Haru
著 猫月晴　画 たてじまうり

登場人物紹介
フェルモンド
アドストラム家の家庭教師。
勉強のことを話し出すと
とまらない。
15歳
5歳
エルティード(エル)
本作の主人公で元・社畜社員。
常識外れな能力で
いつもやりすぎてしまうのが悩み。
ギルドに行くときは成長魔法で15歳の姿に
変身しているが、本当は5歳。

ラック
謎の組織の手伝いをしている青年。
アステルのことを気にかけている。
ネズロ
謎の組織を率いるボス。
フェルモンドとは旧知の仲。
アステル
チートな眼を持つ
ミステリアスな少女。

1

来る『災厄の日』に備え、新しい魔法体系を見つけるべく、エルフの里へ出向いた俺――エルティード・レシス・アドストラムは、エルフが使う独自の魔法を習得することに成功した。

そして、無事に家に帰り着き、早速そのことを家庭教師であるフェルモンド先生に伝えようと思っていたのだが――

おかしい。いくらなんでもおかしい。

目の前に置いてあった本を放り投げるように置いて、空を仰ぐ。

俺がエルフの里から戻って、三日が経った。

今日は前世でいう日曜日のような日で、子供たちの学校も、大人の仕事も休みだ。

本来なら今日は、フェルモンド先生がここアドストラム家へ家庭教師に来る予定の日だった。

ついでにエルフの里でのことも伝えようと、俺はどう話すかアレコレ考えながら待っていた。

しかし、フェルモンド先生はいつまで経っても現れない。

少しぐらいなら誰でも遅れることはあるだろうと、勉強しながら待つこと数時間。明らかに遅刻の範疇を超えている。

兄姉たち、特に兄様のルフェンドは待ちくたびれてしまい、勉強を放り出してメイドのラディアにおやつをたかりにいく有様だ。

かろうじて真面目に勉強していた俺も、そろそろくたびれてきた。

フェルモンド先生は連絡もせずに約束をすっぽかすような人ではない。というか、通常時なら毎回時刻の五分前、いや十五分前には到着しているような性格だ。

だから時刻を大幅に過ぎても来ないことに、俺は不満よりも焦りを感じていた。

ひょっとして何かあったのかもしれない。

「フェルモンド先生はまだ来ないの？」

おやつを食べ終えて戻ってきた兄様が、扉の方向を見ながらそう言った。

「こんなに遅れるだなんて、フェルモンド先生に限ってあり得ないわ。わたしもお菓子をもらってこよっと」

兄様に続いて、姉様のセイリンゼもラディアのところに走っていってしまった。

しばらくして、姉様が戻ってくる。

兄様も姉様もフェルモンド先生が遅刻していることが気がかりなようで、心配しているのは俺だけではなかったらしい。

二人がラディアから聞いた情報によると、同じくフェルモンド先生が来ていないことを不審に思った父様のゼルンドは、領地内を捜しにいったとのこと。

『あいつのことだから行き倒れている可能性がゼロではない』と言って出ていったようだ。

流石に行き倒れてはいないと思うが、フェルモンド先生が何か事件に巻き込まれていないことを願う。

「ところでもう勉強やめてもいいかな」

「流石にいいでしょ。もう三日分ぐらいはやったわよ」

すっかり集中力が切れてしまった様子の兄様と姉様が言う。

「兄様も姉様も呑気ですね……でも三日分やったのには同意します」

もしかしたら緊急事態かもしれないというのに、楽観的な二人に呆れつつ、俺も読んでいたページを閉じた。

俺が読んでいたのは大陸の歴史についての本だったのだが、小難しい表現のせいで余計に頭が疲れた。回りくどい言い回しはやめてほしいものだ。

俺もラディアのところにおやつを強奪しにいこうかと考えつつ、くるくるとペンを回そうとして慌ててやめる。

これは万年筆だから、ペン回しなんてしようものならインクが漏れて大惨事になる。前に一度やらかしたことがあるというのに、染(し)み付(つ)いたくせはなかなか抜けてくれないようだ。

再び本に向き合おうとしたところで、ラディアがお茶とお菓子を運んできた。今日の茶菓子はクッキーのようだが、やけに枚数が少ない。

それをラディアに尋(たず)ねると、「どこかのお二人がつまみ食いをしたからかもしれませんね」と恨(うら)みがましく呟(つぶや)かれた。

兄様と姉様を止めなかったのは確かに悪かったけど、俺は無罪だ。

ひとまず勉強は切り上げて、あとはフェルモンド先生を捜しにいった父様が帰ってくるのを待つことにした。

「フェルモンド先生が……行方不明⁉」
俺は思わずそう叫んだ。
長時間遅刻している時点でなんらかのトラブルが起きたのは決定事項のようなものだったが、まさか行方不明になっているとは思いもしなかったのだ。
責任感のあるフェルモンド先生のことだ。

何も言わずに、自主的に行方をくらますことはないだろう。だとすれば、誰かに攫われた、拉致された、辺りを考えるのが妥当である。

フェルモンド先生が行方不明になったという大ニュースを知った経緯はこうだ。

時間は、少し前にさかのぼる。

俺、兄様、姉様の三人はフェルモンド先生のことを心配しつつも、おとなしく各々の過ごし方で父様の帰りを待っていた。

しかし、そこで問題が起きた。

父様が不在にもかかわらず、連絡用の魔道具に反応があったのだ。それに応じたラディアが真っ青になったかと思うと、すぐに屋敷を飛び出していった。

そしてラディアに連れられて父様が帰宅した。

帰ってくるなり父様は、待ちぼうけを食らっていた俺たちのもとにやってくると、『フェルモンド先生が行方不明』という衝撃の事実を告げたのだった。

「今朝から行方が分からないそうだ。王宮の人員を総動員して、王都のほうでも捜しているようだが、見つからないらしい。魔道具の反応は、ここに来ていないかという確認の連絡だったようだが、まさかそんなことになっていたとは……無断で長期間外出している可能性は低いだろうから心配だな」

父様は俺と同じく、まさかフェルモンド先生に限って自分でいなくなることはないだろう、と思っているようだった。

「ひとまず今日の分の勉強は切り上げて、好きに遊んできなさい」

父様が言った。

兄様と姉様は思うところがありそうだが、その言葉に頷(うなず)いていた。

俺も例に漏れず頷きはしたが——それを聞き入れる気はなかった。親しい人が行方不明と聞かされて、おとなしく待っていられるわけがない。

自室に戻り、壁に聞き耳を立てて、廊下(ろうか)に人がいないか確認する。

部屋の外からは人の気配も物音もせず、誰もいないようだった。それをしっかりと確かめたあと、ようやく転移魔法(てんいまほう)を発動した。

パッ、と周囲の景色が王都の町並みに切り替わる。

まずは聞き込みからだ。フェルモンド先生はモノクルを身に着けているのが特徴的だから、町の人にも、そういう人を見なかったかと聞けばいいだろう。

通りをぐるりと見渡すと、花を売っている女性と目が合った。ちょうど客足が途切れているようだ。今なら仕事の邪魔にもならないだろう。

「すみません、ちょっと聞きたいことがあるんですけど。モノクルをつけた男性を見かけませんでしたか？」

「モノクル？　珍しいから見たら忘れないと思うけど、少なくとも私は見かけた覚えはないわ」

「そうですか……ありがとうございました」

収穫はなし、と。まあこれも予想の範囲内だ。

そもそも既に王宮の人たちが捜索をしているというのに、俺が捜したところでそう簡単に見つかるわけがない。

次は道端にいた男性に声をかけてみるも、返事は似たようなものだった。

その後も数人に聞き込みをしたが、やはりフェルモンド先生を見かけたという情報はなかった。

完全にお手上げ状態になって王都の通りをトボトボと歩いていると、地面に落ちている紙が目に入った。

道の端に落ちていたそれは、遠目から見てもびっしりと文字が書き込まれていることが分かる。

誰かの落とし物だろうか。

見つけてしまった以上放置するのも気が引けて、その紙を拾い上げたところで、俺はあることに気が付いた。

「これ、フェルモンド先生の字と似てる」

勉強を教えてもらう中で、何度も見ているから分かる。

似ているどころの話じゃない、この角ばった几帳面な文字は間違いなくフェルモンド先生本人のものだ。

他に手がかりはないか辺りを見渡すと、裏路地へと続く細い通路の前に、また小さなメモ用紙が落ちているのを見つけた。

こちらは少し乱雑なものの、やはりフェルモンド先生の字で書かれている。

二枚とも複雑な数式と走り書きのような文章が添えられており、内容は難しくてよく分からなかった。

しかし紙が落ちていたということは、フェルモンド先生はこの周辺を通ったはずだ。もしかしてまだ近くにいるかもしれない。

早速裏路地へと足を踏み入れようとしたところで、この場所は治安が悪いから一人では行かないようにと、父様が以前言っていたのをふと思い出した。

魔法が使えるから身を守れるとはいえ、この幼い子供の姿では目立つし、色々と危ない。

周囲に人影がないのを確認して、素早く魔法で姿を十五歳くらいに変えた。

外見の成長にともなって、一気に目線が高くなる。最近はあまりギルドへ行っていなかったから、この姿になるのも随分と久しぶりな気がする。

王都といえども、その全てがきらびやかであるわけではない。

目の届かない場所で横行する犯罪や、貧困により形成されたスラム街など、どうしても発生してしまう不幸はある。

もといた世界と比べて、文明レベルが発展していないからなおさらだ。

自分の身を守れる程度の力が俺にはあるが、この先は警戒を怠らないほうがいいだろう。そう思って気を引き締める。

狭い通路を通った先は、表通りとは随分と違う雰囲気だった。

建物に挟まれているせいで日の光の大部分が遮られ、薄暗い。あちこちにゴミやガラクタが落ちており、心なしか空気も淀んでいるような気がする。

他にフェルモンド先生の落とし物や、ヒントになりそうなものがないか、辺りに注意しながら歩いていると、どこからか怒鳴り声が聞こえてきた。

流石の治安の悪さだ。

「だからもう何も持ってないんですってば！　勘弁してください！」

「んなこと言ってないでさっさと出せよ。でなきゃ……どうなるか分かってんだろ？」

話の内容からして、どうやら輩がカツアゲをしているようだ。

普段なら気を付けつつ、そっと覗いてみるところだが、今はフェルモンド先生を捜すことを優先すべきだ。心が痛むが、今回はスルーしよう。

良心の叫びに目を背けて、俺は足早にその場を去ろうとした。

しかしその瞬間、明るいピンク色の髪をした女の子が、声のする方向へ走っていったのが見えた。

あの髪色、どこかで見たような……

たっぷり数秒間考えて、あのピンク髪の女の子が、以前冒険者ギルドで知り合ったクレアさんだということを思い出す。

まさか、輩に立ち向かうつもりなのか。

「クレアさ――」

呼びかけたときには、もうクレアさんは走り去ってしまっていた。たっぷり思い悩んだから当たり前だ。

優先順位も忘れて、クレアさんが走っていったほうへ向かう。

女の子一人で悪漢に立ち向かうのは無茶だ。

それに怒鳴り声を上げていた男は、酒やけした野太い声からして、いかにも危なそうだった。

角を曲がり、突き当たりの路地に飛び込むと、四十代ぐらいに見えるくたびれた印象の男性が、いかにもという悪そうな格好をした男に、胸ぐらを掴まれていた。

男は声の印象そのままの巨躯で、あの拳で殴られようものなら、一発でノックアウトしてしまいそうだ。

そしてその男の背後にはクレアさんが立っている。早く止めないと、と思ったところで、大きく息を吸い込む音が聞こえた。

「ちょっと、その人に何してるの！」

クレアさんは声を張り上げてそう言った。

チンピラの男は振り返り突然の乱入者に驚(おどろ)いたようだったが、少し遅れてクレアさんを見据(みす)えた。

怯えている男性から手を離すと、不機嫌さを隠しもせず、ずかずかとクレアさんのほうに近寄っていく。

「なんだお前。このオレのやることに文句があるってのか？」

「当然です！　こんなことをして許されるとでも思っているんですか？」

クレアさんは声を荒(あら)らげる男にも物怖(ものお)じせず、そう続ける。

カツアゲをしていた男は彼女の言葉が気に入らなかったのか、ぎろりとクレアさんを睨(にら)み付(つ)けた。

「……生意気なガキだな」

そう呟いたかと思うと、男は握りしめた拳を大きく振りかぶる。

「クレアさん！」

俺は男とクレアさんの間に滑(すべ)り込(こ)むようにして、慌てて身体強化魔法をかけながら、拳をなんとか受け止める。

動作が大きかった割に、拳はたいして重くなかったから、よろけずに済んだ。

「あ、あなたはエルさん？　どうしてこんなところに……」

「今度はなんだよ、どいつもこいつも邪魔しやがって。オレはあの『夜鴉団』の団員なんだぞ！」

クレアさんの言葉を遮りながら、男は大声でそう怒鳴った。至近距離で怒鳴られたものだから、耳がキーンとして、俺は思わず顔をしかめる。

男は自身が『夜鴉団』とやらに所属していることを誇りに思い、それを盾に力をふるっているようだったが、あいにく俺はそんなものは知らない。

しかし喚いているこの男を抱えていることからして、おそらくまともな組織ではないことがうかがえた。

カツアゲ男は完全に頭に血が上っているようだ。

脅されていた男性にこっそりと、逃げるよう視線で訴える。逃げ道ができるよう、少しずつ壁沿いに移動して、チンピラの視線を突き当たりと路地から逸らす。

男性は俺の意図を理解したのか、小さく頷くと、男の死角から逃げていった。

クレアさんにも同様に逃げてほしかったのだが、彼女に視線を送るより前に、男が俺の胸ぐらを掴んだ。宙に浮くとまではいかなかったものの、強制的につま先立ちになる。

「お前らは、オレたちに逆らったらどうなるのか分かってねぇようだな。それならいい機会だ。存分に教えてやるよ！」

男は怒り剥き出しといった表情でそう言った。胸ぐらを掴んでいる手を払いのけようとしたところで、ふと思いとどまる。

今手を離させては、まだ逃げていないクレアさんに危害が及ぶかもしれない。それに、何発か食らって怪我をすれば正当防衛になって、こいつを倒しても罰を受けなくて済むのでは……？

そう考えて、あえて眼前に迫る男の拳を受けようとしたのだが、痛みが来る前に男が「うぐっ」とうめき声を上げた。

同時に男の手から解放された俺は、バランスを崩して転びそうになり、慌てて体勢を立て直す。

「エルさん、無事!?」

そこには、男に向けて杖を構えたクレアさんが立っていた。どうやらクレアさんが、男に向かって魔法を放ったようだ。

「僕は大丈夫だけど……」

「よくもオレをここまでコケにしてくれたなァ！　ちょっと痛めつけるだけのつもりだったが、もう我慢できねェ！　お前ら二人まとめてブッ殺す！」

俺の言葉を遮って、男がそう叫んだ。

男は怒り心頭といった様子で目を赤く血走らせている。いかにも小物らしさ溢れるセリフに少し笑いそうになるが、今はそんな場合じゃない。

クレアさんはよかれと思って助けてくれたのだろうが、少しまずいことになった。

魔法でちゃちゃっと倒せれば楽なのだが、こちらが傷を負っていない以上、下手に手を出してしまうと、俺たち側が罪に問われる可能性があるのがネックだ。

さっき身体強化魔法をかけないで普通に攻撃を受ければよかったな……

あっちが悪いのは明らかなのに、攻撃できないのが歯痒い。

「わわ、どうしよう……すごく怒ってます……」

「あいつは僕が止めるから、クレアさんは早く逃げて。あれだけ逆上してると、何をしでかすか分かったもんじゃない」

「で、でも……」

「大丈夫、これでもSランク冒険者だから。あんなやつには負けないよ」

クレアさんは迷っているようだったが、俺がSランクであることを告げると、納得してくれた。

「コソコソと何話してやがる！」

「早く！」

一気に距離を詰めてきた男を見て、そう短く叫ぶ。

クレアさんが走り出したのを確認してから、男のほうへ向き直る。すると、男はちょうど俺に向かってパンチを繰り出しているところだった。

繰り出された男の拳の速度が想像よりも速く、俺の頬にしっかりと入る。衝撃があり、遅れて痛みが襲いかかってくる。

「ヒャハハ！　油断なんかしてるからだ！」

男は心底愉快そうに、汚い笑い声を上げた。

地面に倒れ込みそうになったのを、気合で踏みとどまる。いつも魔法で防御しているから、よほどのことがない限り、俺まで攻撃が届くことはない。

もちろん前世でも傷を負うことはほとんどなかったから、思いきり殴られるのはこれが初めてだった。

想像以上の痛みに顔をしかめる。

「――――でもこれで、正当防衛だ！」

身体強化魔法をかけ直し、男に向かって蹴りを繰り出す。

狙うは男の急所……股間にクリーンヒットだ。男は一瞬固まったあと、股間を手で押さえてうずくまったまま動かなくなってしまった。

無事に男を倒し、このあとどうするか考えていると、複数の足音が聞こえてきた。

後ろを振り向くと、二、三人の人が慌てた様子で駆けつけていた。クレアさんも一緒にいる。

鎧（よろい）や槍（やり）を持っているところからして、巡回中の衛兵のようだ。

王都では治安維持のため、定期的に衛兵が見回りをしているのだ。それをクレアさんが呼んできてくれたのだろう。ナイス、と言いたいところだが、つい先ほど事態は収まってしまった。

「悪漢に襲われていると報告を受け……たのですが……」

衛兵の一人が、うずくまって震（ふる）える男を見て、戸惑いがちにそう言った。

俺とこの男ではかなり体格差があるから、男のほうが倒れていることに驚いているのかもしれない。

衛兵は男が股間を押さえているのを見ると事情を察したのか、男に気の毒そうな視線を向けた。同じ男として痛みが分かるからだろう。

俺ももし自分がこうなったらと思うと背筋が凍（こお）る。

「その、えっとですね……一応正当防衛ではあるんです……」

赤くなった自分の頬を指差して言う。

「分かっていますよ。こいつは最近、ここらでよく問題を起こしていたんです。毎回逃げられていたので、今回は助かりました」

疑われなかったことに胸を撫（な）でおろしつつ、股間を押さえたまま連行される男を眺める。

想像以上にいい一発を決めてしまったようだ。相手は悪人なので、同情の余地はないことは百も承知だが、少しだけ申し訳ない気分になった。

「全く夜鴉団だかなんだか知らないけど、いい迷惑ですよ。それにしてもお嬢さん、綺麗なのになかなか強いですね」

「お嬢さん……？」

無意識にドスの利いた声を出してしまったせいで、衛兵の肩がびくりと跳ねる。

「こっ、これは失礼。お姉さんとお呼びするべきだったかな」

「実は僕、これでも男なんですよね」

「おや、そうでしたか……って、ええーっ!?」

大げさに驚く衛兵を、これでもかというほど思いきり睨み付ける。

人のコンプレックスを刺激するのはやめてほしいところだ、さもないとデリカシーなさ男というあだ名をつけてやるぞ。

「その夜鴉団ってなんですか？」

『お嬢さん』という単語に気を取られて聞き流していたが、夜鴉団というのはそこまで有名な組織なのだろうか。

あの男も『オレは夜鴉団の団員なんだぞエッヘン！』的なことを喚いていたが、てっきり男が大げさに言っているだけだと思っていた。

「お嬢さ、ゴホン、お兄さんは夜鴉団をご存じないのですか？　王都の人ならば皆知っているものとばかり思っていましたが。最近活発に動いている組織で、問題ばっかり起こすんですよ。噂じゃ非合法なこともやっているとか。全く一筋縄ではいかないから困ったもんです」

衛兵はため息交じりにそう言った。そういえば最近巡回している衛兵が多い気がしていたが、それも関係あったのだろう。

あちこちに駆り出されて忙しくしているのか、ここにいる衛兵は全員疲れているように見える。

「お兄さんも気を付けてくださいね。夜鴉団もそうですけど、最近の王都は色々と物騒ですから」

衛兵はそう言うと、男を無理やり立たせて連行していった。コンプレックスを刺激してきたのは減点だが、それ以外は親切でいい人だった。

「そうだクレアさん、衛兵を呼んできてくれてありがとう」

「いえ、私は呼んだだけなので。エルさんにお怪我がなくてよかった」

衛兵を見送っていたクレアさんは、俺のほうに視線を戻すと、照れくさそうにそう言った。

「そういえば、クレアさんはどうしてこんなところに？　裏通りは危ないんじゃ」

「実は、夜鴉団の調査をするっていう依頼を受けていて、団員がこの辺りにいるという噂を聞いてここに。まぁ、全然収穫はまだないんですけど……報酬がよかったのでつい」

クレアさんは気まずそうに目を逸らしながらそう言った。

報酬につられるのはとてもよく分かるが、女の子一人で悪漢に挑むのは危険だ。

魔物相手なら遠慮なく魔法を使えるし、知能もそれほど高くないが、人間相手だと攻撃を躊躇ってしまったり、集団で攻撃されたり、厄介な部分もある。

「エルさんこそ、どうして裏通りに？」

クレアさんにそう尋ねられ、フェルモンド先生を捜していたことを思い出した。トラブル続きですっかり頭から消え去っていた。

もしフェルモンド先生がこの辺りに来ていたのなら、もしかしてあいうゴロツキに絡まれたのかもしれない。それこそ夜鴉団の団員とか。

フェルモンド先生は身なりもいいし、連れ去られて人質に……とかいうことも十分あり得る。

これだけ証拠が少ないと断定するのは無理があるが、かなり有力な線ではないだろうか。

そうと決まれば早速行動だ。

「よかったら、その調査一緒に行っても？　クレアさん一人じゃ危ないだろうし、僕も気になることがあって」

「もちろん！　あ、でも報酬はどうしましょう。半分じゃSランクの方に失礼かな……」

「いやいや、僕が勝手についていくだけだから。報酬は一切いらないよ」

慌てて報酬がいらないことを伝える。

クレアさんは「三分の一だけでも、せめて四分の一でも……」と言ってなかなか引いてくれなかったが、最終的には渋々といった様子で納得してくれた。

「エルさんがいてくださるなら安心ですね！　さぁ、早速調査です！」

クレアさんは意気揚々といった様子で歩き出したが、すぐにぴたりと動きを止めた。

「何か？」

「情報、さっきの団員のこと以外、何も知らない……」

「なんてこった」

思わず口から心の声が飛び出てしまった。全然収穫がないとは言っていたものの、全くのゼロだとは思っていなかった。

「どうしましょう……」

クレアさんはひどく落ち込んでいるようで、心なしか彼女の周りだけ暗く見えるような気までしてくる。

「そ、そんなに落ち込まなくても！　ほら、この辺りの人に夜鴉団のことを聞いてみるとか！　やりようはいくらでもあるって！」

「そうですね……あはは……」

慌てて励ましても効果はないようで、クレアさんは乾いた笑いを零しただけだった。俺とクレアさんの間に、なんとも言えない気まずい空気が流れる。

しかしその空気は、突如(とつじょ)として俺たちの間に割り込んできた老人によって打ち破られた。

「そこの若いの、夜鴉団について調べているのかい？」

背を曲げた老人は、俺たち二人の顔を見てそう尋ねてきた。クレアさんがその言葉に頷くと、老人は顔をしかめた。

「その、何か？」

老人の苦虫(にがむし)を噛(か)み潰(つぶ)したような表情を不思議に思って、俺はそう聞く。

「お前さんたち、夜鴉団には関わらないほうがいいぞ。なんでも法に触れることだけじゃなくて、禁忌(きんき)すら破ろうとするような恐ろしいこともやっているようじゃ。関わろうものなら呪(のろ)われるぞ」

老人は眉間の皺(しわ)を深めながら、吐き捨てるようにそう言った。

衛兵も言っていたが、夜鴉団という組織はやはり一筋縄ではいかないようだ。

呪われる、という部分は噂に尾ひれがついただけだろうが、関わらないほうがいいのは本当のことなのだろう。

しかし、俺にはフェルモンド先生を捜すという、そしてクレアさんには夜鴉団の調査という、それぞれ目的があるのだ。忠告はありがたいが、関わらないというわけにはいかない。

そりゃあフェルモンド先生のことがなければ、俺だってそんな物騒な組織には絶対関わらないだろうが、今は仕方ない。

それにしてもこの老人。タイミングよく現れてくれたものだ。ちょうど情報がなくて困っていたところに出てきてくれるなんて。

「おじいさん、夜鴉団について詳しいんですか？」

「おじいさんとは何事じゃ！　わしはまだまだ現役じゃぞ！」

何気なく言った単語がまずかったらしく、老人はカッと目を見開いてそう叫んだ。

なるほど、この老人にとって『おじいさん』という単語は、俺にとっての『姉ちゃん』『お嬢さん』と同じく、ＮＧワードのようだ。

「ふん、全く最近の若いのは失礼なやつが多い。ところでお前さん、わしの忠告を聞いておらんかったようじゃな。夜鴉団には関わらないほうがいい、とつい今しがた言ったじゃろう」

「忠告はありがたいんですが、僕たちにも色々とありまして……」

老人は後ろでオロオロしているクレアさんを一瞥すると、再び俺に視線を戻した。かと思うと、頭のてっぺんからつま先までジロジロと見定められる。

「どうしても知りたいというのならば、教えてやらんこともない。ただし――」

「何か条件がある、と」

「そのとおりじゃ。お前さん、なかなか察しがいいようじゃないか」

老人は少しだけ表情を緩(ゆる)めてそう言った。

父様の弟でアドストラム国王でもある、ヴァルドもとい馬鹿王のせいで、条件を出されることには嫌というほど慣れているのだ。

こんなことを察するぐらい朝飯前だ。

「率直に言うと盗(と)られた亡き妻の指輪、形見を取り返してほしい。大切に保管していたんじゃが、やつらに目をつけられてな。無理やり奪(うば)われたんじゃ」

老人は悲しげな声で、条件を告げた。

おそらく結婚指輪か婚約指輪か、その辺りの二人の思い出の品(しな)なのだろう。形見を奪うだなんてひどすぎる。

「奥さんの大切な指輪を奪うなんて、夜鴉団許すまじです！」

俺が口を開くより先に、クレアさんがそう言った。

「ただ私一人じゃ心細いので、正確には私たち、ですが……」

クレアさんは自信なさげにそう付け加えた。彼女の剣幕(けんまく)にあっけにとられていた老人が、思い出したように俺のほうへ視線を向けた。

「……頼んだ。若いの、十分気を付けるんじゃぞ」

「分かりました。もし見つけたら、必ずおじいさんに渡しにきますから」

老人は周りに人がいないのを確認してから、俺たちに側に寄るよう手招きする。そして小声で老人の知る限りの情報を教えてくれた。

話によると、夜鴉団の噂は前々からあったらしかった。

初めは詳細がはっきりしない都市伝説のようなものだったが、次第に夜鴉団を名乗るメンバーが現れて、実際に事件が起き始めたようだ。

そしてここ数か月間で異様な発達を遂げているらしい。

夜鴉団の行っていることは、暴力行為、違法な商売、不正な賄賂(わいろ)による貴族社会への介入。

たった数か月という短期間で、様々な悪事をしている。そして、そんな中でも最も老人が気がかりにしていたのは、禁忌を犯(おか)しているという噂だった。

そして老人は最後に、夜鴉団のアジトの場所を俺たちに伝えた。一度夜鴉団のメンバーを名乗る男のあとをつけたことがあり、そのときに発見したそうだ。

この人の言うことが全て本当かは分からない。

ただの噂や思い込みという可能性だってある。

けれども今は、それら一つ一つについて考え、調べている余裕はない。

こうしている間にも、フェルモンド先生が危険に晒されているかもしれない。

俺たちは老人に礼を告げたあと、夜鴉団のアジトがあるという場所、王都の郊外へと足を向けた。

2

「本当にこんな場所に、夜鴉団のアジトがあるんでしょうか」

「あのおじいさんの言っていたことが間違ってなければ、そのはずなんだけど……」

　王都の郊外、森の奥深く。俺たちは老人に教えてもらったアジトの場所に来ていた。

　勾配のキツい坂を上ったり、獣道を歩いたり。老人の言っていた場所は確かにここだが、アジトどころか、人の気配すら感じられない。

　ここ一帯は人の手がほとんど入っていないようで、木はのびのびと空に向かって育ち、草は好き放題に生い茂っている。

　体を大きくしていることもあり俺は問題ないが、クレアさんは表情や動きに疲労が見え始めている。

　もう少し探して見つからなかったら一旦休憩にしよう、そう思いながら歩くスピードを落とす。

　そして一向にアジトらしきものは見つからず、諦めかけてきたときだった。

　ふと地面に目をやると、不自然に草がなくなっている箇所が目に入った。辺りの地面は乾いているというのに、その部分の土だけやけに湿っている。まるでつい最近掘り返されたみたいだ。

不審に思って土を払ってみると、爪がガリッ、と何か硬いものを引っ掻いた。出てきたものをよく見ると、板のようだ。

その板にはちょうど指を差し込めるほどの穴が開けられており、簡単に持ち上げられそうだ。

「エルさん、どうかしたんですか？」

近くの木陰で休憩していたクレアさんが、座ったまま俺にそう尋ねた。物音を立てないよう注意しながら、クレアさんのほうへと移動する。

「アジトの入り口かもしれないものを見つけた。でも外から中の様子を確認できそうになくて」

「なるほど、突入するってことですね。ちょっと休んで回復したし、私はいつでもいけますよ！いざとなったらエルさんもいるし！」

元気よくそう言ったクレアさんに、静かにするよう口元に人差し指を当てるジェスチャーをする。

クレアさんは慌てた様子で、自分の口を手で塞いだ。

今元気な声を出されると敵に勘づかれるかもしれない。

もう一度、今度はクレアさんとともに板がある場所へと近付く。

もし後ろから組織の人間が来ても大丈夫なように、クレアさんには辺りの警戒を頼んだ。

俺は板を開けて、すぐ中から攻撃されても対応できるよう、そちらに注意を払っておく。

板の穴に指を差し込み、そっと持ち上げようとする。しかし、それは後ろから物音が聞こえたことによって阻(はば)まれた。

振り返るよりも先に、ガン！　という音とともに視界が揺れる。少し遅れて後頭部に鈍(にぶ)い痛みがやってきて、殴られたのだと理解できた。

揺れる視界の中で、二人いる人物のうち、片方に捕まっているクレアさんが見えた。

彼女は一瞬で口を塞がれて、声を出す間もなく捕らえられてしまったようだ。

それを見て、地面に倒れ伏しそうになった体を無理やり立て直す。

「クレアさんを離せ！」

視界はまだグラグラと揺れているものの、なんとか意識を失わずに済んだ。考えたことがなかったが、俺は石頭なのかもしれない。

意識を集中して、取り出した短剣を構える。

二人いる人物のうち、手の空いているほうの背の高い男性が前に出た。

男性は黒々とした髪を耳上辺りで切り揃えており、白い肌が全身真っ黒い服装と相まって、かなり不健康そうに見える。

吊(つ)り上(あ)がった鋭(するど)い目は、しっかりと俺の姿を捉えている。警戒を強めていると、男性が口を開いた。

「お前、どこの手のもんだ？　見慣れない顔だが」

そう聞かれても黙ったままの俺に気を悪くしたのか、男性は小さく一度舌打ちをした。

そして後ろにいたクレアさんを捕らえている男に指示すると、自身の横まで連れてこさせた。

一体何をする気なのかと警戒する。

黒髪の男はおもむろにクレアさんの顔を掴むと、無理やり顔を上げさせた。頬に爪が食い込んでいるのか、クレアさんが顔を歪める。

「ふーん、なかなかの上玉じゃねえか。こいつを置いてくってんなら、お前のことは見逃してやってもいいぜ、白髪野郎」

男性はクレアさんから目線を外さないままそう言った。白髪野郎、と言われて思わずムカッとしてしまう。この目立ちすぎる髪色、一応気にしてるんだからな。

クレアさんはひどく怯えた表情で、目線だけ俺のほうへ向けた。声に出さずとも、『助けて』と思っていることが分かった。

「もう一度言う。クレアさんを離せ」

俺がそう言った瞬間、ピリッと空気が張り詰める。男性はクレアさんから手を離すと、こちらへと一歩踏み出した。

「こいつを置いて失せろ、さもなきゃ殺す。オレはそう言ってんの。分かる？」

男性は先ほどとは一転、ドスの利いた声でそう言った。あまりの圧に気圧されそうになるが、ぐっと堪える。

俺はどうするべきか。いくら魔法がそれなりに使えるとはいえ、クレアさんが拘束されている以上、迂闊に攻撃はできない。二人だけで来たのは、やっぱりまずかったか……

緊張する空気の中、男性はどこからか大剣を取り出した。おそらく空間魔法だろう。

男性はその大剣を軽々と持ち上げると、また一歩距離を詰めた。

大剣は子供の身長を優に超えるほどの大きさで、ずっしりとした厚みのある刀身は、斬るというより叩き潰す、という用途に特化しているように見える。

攻撃が当たろうものなら、間違いなく骨が砕かれてしまうだろう。

細身な男性がそんな大剣を軽く扱っている姿は、どこか異様だった。

気取られないよう細心の注意を払って身体強化魔法をかけようとする。しかしその瞬間、一気に間合いを詰められ、大剣が顔の真横に突き付けられる。

「おっと、そうはさえねぇぜ」

詠唱も、身じろぎ一つすらしていないというのに、この男性には俺が魔法を発動させようとしたことが分かったようだった。

今俺が不審な動きをしようものなら、この男性はなんのためらいもなく俺を叩き斬るだろう。そう確信させるような気迫があった。

「さっさと逃げりゃあお前だけは助かったのに、バカなやつだ。何者かは知らないが、オレの気分を損ねた以上――」

「ボス、もうじきお時間です。勝手な行動は避けられますよう」

これ以上ないほどの緊迫感の中、透きとおったソプラノの声が響いた。思わず顔を上げる。

さっきまで誰もいなかったはずなのに、クレアさんを拘束している男性の後ろには、いつの間にか金髪碧眼の美しい少女が立っていた。

少女はフリルのあしらわれたブラウスに裾の広がったスカートという、可愛らしい服装をしていたが、男性と同じく身に纏っているものは全て真っ黒だ。

無表情と相まって、少女はまるで人形のように見えた。

「……今いいところだったんだが、そうか時間か。命拾いしたな、お前ら」

ドサ、と捕らえられていたクレアさんが地面に投げ出されそうになったのを、慌てて受け止める。

男性は俺たちに背を向けて立ち去ろうとしている。

おそらくこいつらは夜鴉団、そしてボスと呼ばれているこの男をみすみす見逃すわけにはいかない。

「っ、待て！」

必死に伸ばした手が、男性の服の裾をかすった。それと同時に、不快感を前面に出した表情をして振り向かれる。

「ったく、しつけぇなぁ。やれアステル」

「承知しました、ボス」

瞬間、男性たちは突然現れた少女とともに姿を消した。そう思ったのだが、実際には違ったようだ。

辺りには王都の裏通りの景色が広がっており、先ほどまでいたはずの森ではなかった。

隣には俺と同じく、状況が呑み込めない様子のクレアさんが座り込んでいる。

やつらが姿を消したのではなく、俺たちが強制的に転移させられたようだ。

「逃げられた……」

あと少しで手が届いたのに、ぎりぎりで逃してしまったことに、やりきれない気持ちでいっぱいになる。

空間魔法は難易度が高く術者が少ないはずだ。一瞬で俺たち二人を遠くまで転移させる辺り、あの少女は只者ではなさそうだ。

それにしてもこれからどうしたものか。

今からあのアジトに行っても、場所がバレたことが分かれば、もう夜鴉団は残っていないだろうし、俺たちが知っているのはあのアジトの情報だけだった。

手当たり次第聞いたところであまり有益な情報は得られないだろうし……

「エルさん！」

一人で考え込みそうになっていたところを、名前を呼ばれて顔を上げた。

「ごめんなさい、私が油断したばっかりに！」

「クレアさんは悪くないよ。悪いのはあいつらなんだから」

俺がそう言っても、クレアさんは気にしているようだった。俯(うつむ)いていて、眉も下がり気味だ。

「やっぱり私の実力じゃ、夜鴉団の調査なんて無茶だったみたいです……これ以上は無理そうだし、ひとまずギルドに報告してきますね」

「じゃあ、とりあえず解散ってことで――」

そう言ったところで、後ろから耳をつんざくような爆発音が聞こえた。

反射的に後ろを振り返ったものの、吹き付ける爆風のせいで目をあまり開けられない。

がれきのようなものが飛んでくるのがちらりと見えて、急いで結界を張った。結界に入れるため、クレアさんを抱き寄せるような形になったが致し方ない。

結界を張ったことで風が遮断(しゃだん)され、やっとまともに景色を見ることができた。爆発音が鳴った辺りでは、数軒の民家が煙を上げている。

突然の出来事に頭が追い付かないが、ここを離れたほうがいいのは確かだ。結界を解いて、クレアさんの腕を引きながら、爆発音がした場所からなるべく遠ざかるよう走る。

しばらく走ると王都の大通りに辿り着き、一旦走るのを止める。

通りは先ほどの爆発音で騒ぎになっているようで、呆然としている人、野次馬をしにいくのか爆発の方向へ向かう人、一心不乱に逃げ惑う人などで溢れ返っている。

人の波に流されないよう、壁際にぴたりと張り付くようにして歩く。

「爆発だなんて、一体何が起こってるんでしょう……」

雑音に紛れて、クレアさんが不安げにそう呟いたのが聞こえた。

本当に、一体何が起こっているのか。

衛兵も最近王都の治安が悪いと言っていたが、まさか爆発だなんて。

もしかしたらテロかもしれない。何かしらの反乱でも起こったのだろうか。

この世界には爆弾を作れるほどの技術力はないと思うから、魔道具で爆発させたに違いない。

学園祭でゼラード先輩が魔道具を仕掛け、怪我人が出た事件を思い出して、微妙な気分になる。

頭の片隅で、馬鹿王がまた執務に追われそうだな、なんて考えた。

なんとか壁を伝いながら路地へと入る。

しかし角を曲がったところで、前から走ってくる人物が見えた。まずい、と思ったときには既に遅く、正面から思いきり激突してしまう。

相手のほうが体格がよかったため、俺が軽く突き飛ばされるような形になる。

「いってて……」

腰をさすりながら、ぶつかった相手に視線を向ける。左目の辺りに、ちかりと光を反射するものがある。モノクルだ。

「……フェルモンド先生⁉」

目の前にいる人物は確かに俺の捜していた、その人だった。

「すみません、どなたか存じ上げませんが今は急いでいて。申し訳ないのですがお詫びをする時間がないんです」

そう一息で言われ、「え」という声が漏れる。

少し考えて、今は魔法で外見を成長させていたことを思い出した。そういえば、フェルモンド先生にこの姿を見せたことはなかった。

立ち去ろうとしていたフェルモンド先生の腕を慌てて掴み、自身にかけていた魔法を解いた。

「フェルモンド先生、僕です、エルですよ！」

フェルモンド先生は本来の姿に戻った俺を見ると、驚いた様子で目を見開いた。かと思うと、がしっと肩を掴まれる。

「エルティード様、何故(なぜ)こんなところに！　今王都は危険です。今すぐ安全な場所へお逃げください」

フェルモンド先生は、普段では考えられないほどの剣幕でそう言った。

「ちょっと待ってください、皆フェルモンド先生が行方不明だって心配してますよ！」

「ごめんなさいエルティード様、今はそれどころじゃないんです。早くネズロを止めなければ」

引き止める間もなく、フェルモンド先生は走り去っていった。

頭脳派のはずなのにやけに足が速く、フェルモンド先生の姿はあっという間に路地の奥へと消え去っていった。

呆然としていたクレアさんが視界に入って、はっと我に返る。こうしている場合じゃない、早くフェルモンド先生を追いかけなければ。

フェルモンド先生はやけに焦っていた。『ネズロ』という言葉が気になるところではあるが、それは追いかけながら考えればいい。

「ごめんクレアさん、一人で逃げて！　僕はちょっと行ってくる！」

少しでも速度を上げるため、もう一度成長した姿へと戻す。

そしてクレアさんの返事を聞くのも待たずに、フェルモンド先生の去っていった方向へと走り出した。

しばらく走ると、フェルモンド先生の後ろ姿が見えた。

あとからあとから建物を建てているせいで、まるで迷路のように入り組んだ路地を必死で走り抜ける。フェルモンド先生の背中は遠く、このときばかりは高身長イケメンの足の長さを憎んだ。

複雑な道を迷いもせず進んでいくフェルモンド先生の様子に、少しだけ不安を覚える。

一体この先に、何が待っているというのか。

突然の爆発といい、急に現れた焦った様子のフェルモンド先生といい、分からないことだらけだ。

『ネズロ』というのも、今の状況と何か関わりがあるのだろうか。

しかし今はひたすら走る他なく、痛み始めた足から意識を逸らす。

そしてもう一度前を見たときには、フェルモンド先生の姿は消えていた。

「しまった、見失った……！」

考え事なんてしてるからだ。フェルモンド先生の足が無駄に速いのも悪い。

いくつもある分かれ道を順に覗いてみるが、いずれの道の先にもフェルモンド先生の姿は見当たらなかった。

俺が途方に暮れそうになったところで、近くからまた爆発音が聞こえた。

まさか、フェルモンド先生が『ネズロを止めないと』と言っていたのは、爆発のことだったのか——？

そんな可能性が頭に浮かぶが、既に体は動き出していた。

さっきとは対照的に、爆発音が聞こえてきた方向へと向かう。明確な場所は分からなかったが、ある程度の方向が分かれば十分だ。

「待ちなさいネズロ！」

しばらく走ると、フェルモンド先生の叫ぶ声が聞こえてきて、ますます速度を速める。

どうやら近くには『ネズロ』がいるようだ。

止めなければという先ほどの発言、そして爆発の近くにいるところから考えて、ネズロはこの事件の首謀者なのかもしれない。

金属がぶつかりあうような音と、衝撃音が聞こえてきて、嫌な予感に拍車がかかる。

ぐっと足に力を込めて、最後の道を一気に駆け抜けた。

その先には燃え盛る建物をバックに、フェルモンド先生と全身黒づくめの男が対峙していた。影ができていて顔はよく見えないが、確実に先ほど森の中で出くわした男性と同一人物だ。

おそらくこの男が『ネズロ』なのだろう。

フェルモンド先生は振り下ろされた大剣を、細身の片手剣で受け止めていた。しかしフェルモンド先生の剣は傍目から見ても分かるほどに強度が足りておらず、今にも折れてしまいそうだ。

「フェルモンド先生！」

ほとんど無意識にそう名前を叫ぶ。

フェルモンド先生は顔をしかめ、俺を睨み付けた。普段の穏やかな様子からは考えられないような険しい表情だ。

「どうして追いかけてきたんですか、バカですかあなたは！　早く逃げろと言ったでしょう！」

「よそ見とは随分と余裕だなっ！」

ネズロの大剣が片手剣を弾き飛ばす。衝撃で吹き飛んだフェルモンド先生が、ズザッと音を立てて俺の前に倒れた。

「何かついてきたと思ったら、さっきの白髪野郎じゃねえか。フェルモンドの知り合いか？」

男の言葉に返答はせず、代わりに短剣を取り出して構える。

ネズロはそれを見て心底面倒そうに顔を歪めた。

「フェルモンド先生に近付くな。少しでも動いたら魔法を放つ」

背後に水の弾丸を生成しながらそう告げる。それでもネズロはひるむ様子一つ見せず、着実に一歩ずつこちらへ近付いてくる。

大口叩いて脅したはいいものの、こいつが何者で、どんな攻撃をするのか分からないので、迂闊に魔法を放つわけにはいかない。

ネズロはそれが分かっているのかいないのか、余裕そうな笑みを浮かべながらこちらへ歩いて

くる。

俺が短剣を構える腕に力を込めると同時に、地面に倒れ伏していたフェルモンド先生が体を起こし、俺とネズロの間に立ちはだかった。いつの間に拾っていたのか、左手には片手剣が握り直されている。

「ネズロ、エルティード様に手出しすることは許しません。攻撃するなら僕だけにしろ」

ふらつきながらもネズロへ向かって敵意を向けるフェルモンド先生。

ネズロはフェルモンド先生の言葉を聞いて、眉間に皺を寄せた。

「ハッ、満足に戦えもしないくせに、一丁前によく言うよ」

「何故このようなことをするのです。あなたに、大切な友人だったあなたに剣を向けるだなんて、僕は……」

「友人？　笑わせるな、フェルモンド。オレたちが本当の意味で友人だったことなんて一度たりともなかったっていうのに」

ネズロが不快そうに眉間に皺を寄せる。

顔にこそほとんど出していないが、フェルモンド先生はわずかに動揺しているように見える。

「確かにあのときのオレたちは仲がよかったし、それが続くものだと思ってた。でもそのちっぽけな友情を壊したのはいつだってお前だったろ」

フェルモンド先生は何か言おうと口を開いたが、言葉が紡がれることはなかった。代わりにネズロが舌打ちをして、大剣を構え直した。

フェルモンド先生はハッとした顔をして俺のほうを振り返った。

「エルティード様、早くここから離れて」

「で、でも、フェルモンド先生一人置いていくなんて……」

フェルモンド先生にも自身の考えがあるのだろうが、見捨てるような真似はしたくない。

「いいから早く！」

フェルモンド先生からは聞いたことがないほどの大声を出され、びくりと肩が跳ね上がった。

ネズロはなんの前触れもなく大剣を下ろすと、俺たち二人から視線を外した。

突然の行動を呑み込めずにいると、ネズロはあろうことか大剣をどこかへと消し去ってしまった。

「……なんのつもりです」

「興が冷めた。今ここでお前と戦ったところでなんの得もないしな。今日は元々ちょっとした実験のつもりだったんだ。本番を楽しみにしとけよ、フェルモンド」

そう言うと、ネズロは跡形もなく姿を消してしまった。空間魔法だろう。

フェルモンド先生は先ほどまでネズロが立っていた辺りを見て、悔しげな表情を浮かべている。

「クソ、だめだった……！」

普段の綺麗な言葉遣いとはかけ離れた発言に驚く。先ほどのやり取りからして、ネズロと呼ばれた男とフェルモンド先生は複雑な関係にあるようだった。

フェルモンド先生は思い出したように剣を鞘に納めると、いつもの柔和な微笑みを浮かべた。しかし、その笑顔は少し無理をしているように見える。

「エルティード様、まずはお詫びを。危険な目に遭わせてしまいました……」

「僕が逃げなかったせいなんだから、フェルモンド先生は悪くないですよ」

俺がそう言っても、フェルモンド先生はまだ申し訳なさそうにしている。

そんなことよりも、ネズロが何者なのか、そしてフェルモンド先生とどういう関係なのかが聞きたいんだが……果たして触れていい話題なのか。

現状あの男について俺が分かっているのは、夜鴉団に関わりがあるということだけで、それなら何故フェルモンド先生と知り合いなのか余計に分からない。

どう聞こうか考えていると、フェルモンド先生が不気味な笑顔でこちらを見ていることに気付く。

さっきの優しげな微笑みはどこに置いてきたんだ。

思わず後ずさりすると、フェルモンド先生も一歩俺に近付いた。

「ところでエルティード様は、どうして一人でここにいらっしゃるんでしょうね？　これはお説教が必要でしょうか」

「勘弁してください……」

「はは、冗談です。それよりもエルティード様、僕に聞きたいことだらけなのではないですか？」

全く冗談に聞こえなかったことは置いておき、考えていたことを言い当てられ、思わずドキリとする。

「あのネズロという男は何者なんですか？」

そう聞くと、フェルモンド先生は困ったように眉を下げて答える。

「あの男、ネズロは――僕の元同僚で、幼馴染(おさななじみ)です」

3

ルナーレ・フェルモンドは代々学者を輩出してきた優秀な家、フェルモンド家に生まれた。彼も例に漏れず秀(ひい)でた頭脳を持っており、幼いながらに様々なことを学び、考えた。

一を聞けば十を理解し、大人顔負けの知識と柔軟(じゅうなん)な発想力を持っていた彼は、一族からの期待を一身に背負っていた。

そんなルナーレには、物心ついた頃からよく遊んでいた仲のいい友人がいた。フェルモンド家に仕える使用人の息子であるネズロだ。

ネズロの母親は、ちょうどルナーレが生まれた頃にフェルモンド家に仕え始めた人物だ。

家柄は決していいとは言えなかったが、使用人の中でも特に優秀だった彼女は、ルナーレ付きの使用人に任命されていた。

その息子であるネズロと友人関係になるのは、ごく自然な流れと言えるだろう。

ルナーレとネズロには身分の差があるものの、とても気が合った。二つ歳の差があったが、そんなことも大した問題ではなかった。

とにかく二人は、誰が見ても分かるぐらいとにかく仲がよかった。しかし二人の友人関係には、ある問題があった。

当時は身分による差別が激しく、貴族とそうでない者たちの間には大きな格差があった。

多くの貴族は平民を下賤な者だと見下しており、遊んでいるところが見つかってしまうとひどく叱られたのだ。

それでも二人は大人たちの目を盗んでは、二人で楽しく遊んでいた。

それは、ルナーレがフェルモンド家の次期当主候補として、厳しい教育を受け始めてからも続いていた。

「ルナーレ！　もう勉強は済んだ？」

ネズロが窓の外から中を覗き込んで、そう声をかける。机に向かっていたルナーレは、その元気な声を聞いて顔を上げた。

「ネズロ。なんてところからやってきたのさ。勉強はもうすぐ終わるけど、大人たちに見つかったら、また怒られてしまうよ？」

遊んでいるところが見つかった場合、いつも叱られるのはネズロのほうだった。

ルナーレも多少は注意されるものの、非があるのは身分の低いネズロのほう、ということにされてしまうのだ。

ルナーレはそのことを申し訳なく思っていた。

「へーきへーき。それより早く遊ぼうぜ！」

「……分かったよ。集合場所は？」

「いつもの木の下！　早く来いよ！」

ネズロはそれだけ元気よく告げると、どこかへと走り去っていった。ルナーレはその様子を見送ってから、また勉強に戻った。

二人は時々叱られたり、都合が悪く遊べない日もあったりしたが、毎日のように楽しく遊んで過ごしていた。

使用人や大人たちも次第に二人が遊ぶことを見逃してくれるようになった。

唯一、ルナーレの父――フェルモンド家の現当主だけは、それを認めていないようだったが。

しかし、彼は多くの場合書斎にこもっているか不在にしていたので、問題なかった。

二人はすくすくと育ち、ルナーレは十歳に、ネズロは十二歳になった。

ルナーレは王立学園の入学年齢である十歳になる前から、特待生としての入学が決まっていた。

しかし形式上、試験を受ける必要があり、ルナーレはそのための支度をしていた。

そして王立学園の入試が、一週間前へと迫ったときだった。

ルナーレは自らの父である、フェルモンド家現当主の前に立っていた。

「父上、何故ネズロの受験を認めてくださらないのですか！」

「だめなものはだめだ。平民の受験は認められないと学園の規則で決まっている」

必死に訴えるルナーレに向かって、当主はそう冷たく言い放った。

当時の王立学園は貴族にしか門を開いておらず、平民の受験と入学は原則認められていなかった。

なんともなしにそう言ってのけた当主を、ルナーレは睨み付けた。

「例外を除いて、でしょう！　貴族の推薦があれば、平民でも受験が許可されるはずです！　ネズロがとても優秀なのは、父上もご存じなのではないのですか。それこそ僕と同等か、それ以上に」

ルナーレは、友人であるネズロがとても聡明であることを、身をもって知っていた。

ネズロはルナーレが頭を悩ませていた問題を、横からなんでもない様子で解いてみせることが、たびたびあった。

常人ならば理解できないであろうルナーレの思考を、ネズロはよく理解していた。

ルナーレはネズロのことを心底尊敬しており、だからこそ平民であることを理由に冷遇されることが許せなかった。

幼いころから厳しい教育を受けているルナーレと、ただの使用人の息子であるネズロとは知識の差がある。

だが学園に入学すれば、その差もなくなる。もっとネズロの才能を生かせるはずだ。

ルナーレはそう考えて当主にネズロの受験を認めるよう頼んだが、当主は何を言っても首を横に振るだけだった。

「だからいかんのだ。ルナーレ、考えてもみなさい。もし下賤な平民風情が、フェルモンド家の子息であるお前より優秀だったらどうなる？　フェルモンド家の面目が丸潰れだろう」

「だからネズロの受験を認めないというのですか……！」

ルナーレは悔しさで歯を食いしばった。

この国に蔓延る身分差別を心底憎んだ。そして何より、それをどうすることもできない自分自身が不甲斐なかった。

「とにかくそういうことだ。試験の日も近いのだろう。余計なことを考えていないで、お前は勉学に励みなさい」

「……はい、父上」

ルナーレは当主の言葉に頷くことしかできなかった。

◇　◇　◇

「よう、ルナーレ」

落ち込んだ様子で当主の居室から出てきたルナーレに、ネズロはいつもと変わらない様子で声をかけた。

「ネズロ……ごめん、やっぱり君の受験は認めてもらえなかった」

「そんなに落ち込むなよ。仕方ないって、オレは平民なんだから。それにもし認めてもらえても、オレは試験の段階で落ちちまうだろうし、無駄に悲しまずに済んだってことで」

ネズロは明るくそう言ったが、ルナーレの表情は暗くなるばかりだった。

「そんなことない、君は――」

言いかけたルナーレの声は、ネズロの言葉によって遮られてしまう。

「本当にいいんだよ、ルナーレ。オレはお前が、ああ言ってくれるだけで嬉しいよ」

そう言ってネズロはあどけない笑みを浮かべてみせた。しかしその笑顔にはどこか、暗い何かが見え隠れしているような気がした。

一か月後。ルナーレの合格発表の日。

ルナーレは特待生であるため試験の合格はほとんど決定事項だったが、送られてきた書類に書かれた『合格』の字を見て安堵する。

そして、何より先にネズロに報告したいと思った。

しかしルナーレが屋敷を捜し回っても、ネズロはどこにもいなかった。ネズロの母親である使用人も見当たらない。

ルナーレはネズロが休暇を取ったという話は一言も聞いていない。

「ネズロ！　どこだネズロ！」

ルナーレはネズロの名を呼びながら、庭や物置に至るまで屋敷中を捜し回った。ネズロの姿はどこにもなく、ルナーレは疲れと焦りで地面にへたり込んだ。

顔色の悪いルナーレに、ゆっくりと近付く人影があった。

「ルナーレ、何をしている」

「父上……」

当主は咎めるような声色で、ルナーレにそう問いかけた。

何も答えないルナーレに耐えかねたのか、当主がもう一度口を開く。

「ネズロならもういないぞ」

「まさか――！」

ルナーレは嫌な予感がしていた。

いや、心の奥底では分かっていたのだろう。

どうしても信じられなくて、その可能性を考えないようにしていただけで。

当主はルナーレの言葉を待たずに、無慈悲にも続ける。

「お前に悪影響と判断して、例の使用人は解雇した。あの息子のせいで、勉学にも身が入っていないようだったからな。ルナーレ、お前はフェルモンド家の次期当主なんだから、くれぐれも付き合う人間は選ぶように。下賤な平民などもっての外だ」

当主は淡々とそう告げた。

俯いたままのルナーレを横目で見てから、当主は踵を返して去っていった。

ルナーレは衝撃を受けていた。

ネズロが屋敷を追い出されたのは、自分がネズロの受験を認めるよう進言したからではないのか。

しかし、ルナーレが後悔してももう遅かった。

ネズロはフェルモンド家を去ってしまったあとなのだから。

幼いルナーレは親友を失ってしまったことと、その原因が自分にあるかもしれないことに、ただ呆然とすることしかできなかった。

ネズロがいなくなってから数年が経ち、ルナーレは十四歳になった。

ルナーレはその優秀さから、特例として僅か四年で王立学園を首席卒業した。

その噂は王国中に知れ渡り、ルナーレは希代の天才少年として名を知らしめた。

それに伴って、フェルモンド家の評価も上がり、一族の誰もがルナーレのことを褒め称えた。

しかしどれもこれも、ルナーレにとっては物足りなかった。

誰もが自身のことをもてはやすが、誰も彼もルナーレのことはこれっぽっちも理解しておらず、その功績を見ているだけだと感じた。

どんな功績を上げても、どんな謎を解き明かしても……ルナーレにとっては、その全てが空虚なものだとしか感じられなかった。

自分を本当に理解してくれるのは、幼き日の友人しかいなかったのだから。

◇
◇

それからまた一年が過ぎた。

十五の誕生日を迎え、成人の儀を終えたルナーレは、宮廷学者として王宮に仕えることとなった。

輝かしいほどの功績を持っているというのに、その頃のルナーレの様子はひどいものだった。

その目は淀み、世界をつまらないものとしか思えないようだった。

誰にも理解されず、誰にも心を開かなかった五年間は、ルナーレを孤独な青年へと成長させていた。

宮廷学者はそれぞれ固別の研究室と、多額の研究資金を与えられる。恵まれた環境だ。

しかし今のルナーレには、それすら無意味に思えた。

好きな研究をして、謎を解明したところで、一体なんだというのだろう。それを話せる相手も、理解してくれる仲間もいやしない。

そう思っていた。

ルナーレが宮廷学者として働き始めてから、少しが経った頃だった。

国王が体調を頻繁に崩すようになり、王宮は医者の出入りや、万が一の際への準備で騒がしくなっていた。

ルナーレは、王位についてあまり興味がなかったが、王宮が騒がしいのは煩わしかった。

もしも国王が崩御したら、次の国王は第一王子であるまだ年若いゼルンドが継ぐのだろうな、とぼんやりと考えたりもした。

第二王子であるヴァルドが国王となる可能性もゼロではないが、貴族間での評判は、礼儀正しく頭の切れる、冒険者としても名を上げているゼルンドのほうが圧倒的だ。

そのため特に権力争いなどが起こることもなく、何もなくゼルンドが国王となるだろう、とルナーレは予想していた。

そんなある日のことだった。ルナーレが、数年前に強制的に別れたっきりの、唯一の友人を見かけたのは。

後ろ姿しか見えない上、時が経ったことで容姿が少し変わっていたが、ルナーレはその人物がかっての友人であると確信した。

「ネズロ！」

ルナーレはここが王宮の通路であることも忘れて、そう呼びかけた。

呼びかけた相手は振り返ると、大きく目を見開いた。

怖いとも取られかねない少し目つきの悪い顔が、じわじわと驚きの表情に変わっていく。

五年前とは背丈も顔立ちも変化していたものの、それは確かにネズロだった。

「ルナーレ」

ネズロから小さな声が発せられる。

声変わりをしているせいで、それは記憶にあったものとは違っていたが、呼び方は昔と全く同じであることに、ルナーレは懐かしさを感じた。

五年間もの間、一度たりとも会えていなかったのだ。聞きたいことも話したいことも山ほどあった。ルナーレは何から言おうか長い間迷ったあと、やっと口を開いた。

「ネズロはどうしてここに？」

「実は、オレも今日からここで働くことになったんだ」

「もしかして――」

近頃若手の新しい学者がやってくるらしいと噂になっていた。それも、ルナーレと同じぐらいの年の……

「ああ。宮廷学者としてだ」

ネズロは少し照れくさそうに、はにかみながらそう言った。

「オレは平民だから、半ば諦めてたんだけど――こんなこともあるんだな。未(いま)だに信じられない」

ネズロは嬉しそうに、そう続けた。

「もう、ネズロに会えないかと思った……」

「お、おい、泣くなよルナーレ！」

ポロポロと涙を零し始めたルナーレを見て、ネズロは焦る。

「あークソ、オレはハンカチなんてお上品なものは持ってないぞ……」

「ふふ、ネズロは昔のままだ」

「お前もな。泣き虫なところとか変わってない」

ネズロがそう軽口を叩くと、ルナーレは恨めしそうにネズロを睨み付けた。

ネズロが宮廷学者として働き始めてから、ルナーレの様子は誰が見ても分かるほど生き生きとし

ていた。

一部の宮廷学者は今までずっと暗い様子だった彼のことを心配していたのだが、その様子を見て密かに安心した。

よき理解者が戻ってきたことで、ルナーレはやる気を取り戻し、ますます研究に励んだ。

ネズロもそんなルナーレに対抗心を燃やし、ときにはお互いの研究について相談し合い、すさまじい勢いで成果を上げていった。

そんな二人は王国のみに留まらず、大陸中で話題になっていた。

その頃の二人を見ていた人物たちは、口を揃えて彼らがまるで兄弟のようだ、と言った。特別顔立ちや髪色が似ているわけではなかったが、それほどまでに息がぴったりだったのだ。

国王が崩御し、王宮が不安定になったときも、二人の様子は変わらなかった。

ルナーレが庭でゼルンドと出会い、新しい税制度を作る手伝いをしていたときも、ネズロはよく相談に乗ってくれた。

新国王が即位してしばらく経ち、王宮の様子が安定してきた頃のことだった。ルナーレはネズロの様子がいつもと違うことに気が付いた。

その日、ネズロはルナーレの研究室に入り浸っていた。

それ自体はよくあることだったが、どうにもネズロにいつものような覇気がない。

体調でも崩したのだろうか、とルナーレは思った。昨日雨が降る中、駆け足で帰宅していったのを目撃したからだ。

ルナーレはそれとなく探りを入れてみたが、どうやら風邪を引いたわけではないようだった。嘘を吐いているようにも見えない。

ルナーレは首を傾(かし)げた。

「ちょっと研究に行き詰まってるだけさ」

ネズロは自身のことを心配されているのに気付いたのか、そう言った。

しかし、この間ネズロが自身の研究について、『順調だ』と言っていたことを、ルナーレは思い出した。ルナーレはネズロに視線を向ける。

「深くは聞かないけど、無理はしないでくれよ」

「……分かってる」

ネズロはルナーレから目を逸らして、そう言った。

翌日の朝。

研究室までの道を歩いていたルナーレは、どこからか声が聞こえてくることに気が付いた。その中には怒鳴り声も混じっていて、ただ事ではなさそうだ。ルナーレは少し考えたあと、恐る恐る声がする方向へと歩き出した。

声は研究室近くの共有物置の辺りから聞こえてきている。

「――こんなことして、みっともねぇと思わないのかよ」

ネズロの声が聞こえて、ルナーレは驚きつつも壁に身を隠した。一体何が行われているのか、ルナーレはすぐには理解できなかった。

状況はルナーレがゆっくり考えるのを待ってくれず、ダンッと何かを叩きつけるような音がする。

息をひそめて壁の向こう側を覗くと、ネズロを囲むようにして、三人の人物が立っていた。

その中の一人がネズロに詰め寄り、彼の真横の壁に足を置いている。先ほどの音は壁を蹴った音だったのだろう。

彼らの胸元には宮廷学者の証であるブローチがつけられており、ルナーレは彼ら全員の顔に見覚えがあった。

そしてネズロに詰め寄り心底不快そうな顔をしているのは、ルナーレが宮廷学者になってすぐの頃、親切にしてくれた人物だった。

「お前、気に入らないんだよ。平民のくせに一丁前に論文なんか書きやがって。中身は出鱈目(でたらめ)に決まってる。宮廷学者になれたのだって、あの貴族の坊ちゃんに取り入っただけだろ！　一体何をしたんだか！」

親切にしてくれていたときに浮かべていた、優しい笑顔とはかけ離れた表情を、ルナーレは恐ろしく思った。

同時に今、何が行われているか、やっと理解する。

平民であることを理由に、ネズロは嫌がらせを受けているのだ。

ネズロはこれまで画期的な理論を打ち立て、華々しい功績を上げてきた。他の宮廷学者との付き合いもよかった。

だからルナーレは、ネズロがたとえ平民であったとしても、皆が彼のことを認めてくれていると思っていたのだ。しかし現実はこうだ。

今まで気付けなかった悔しさで、ルナーレは唇（くちびる）を噛み締めた。

「あのフェルモンド家の坊ちゃんだって、どうせ家柄のおかげだろ。今やってる研究だって大したことないに違いない。全く、上は実力で評価してくれなくて嫌になる」

上は十分に実力で評価していたが、この男にとっては、贔屓（ひいき）されているように映ったのだろうか。

いや、心の底では本当のことが分かっていたが、二人への嫉妬（しっと）からそう思い込みたかったのかもしれない。

「っ、ルナーレを侮辱するな！　オレはそうかもしれねぇが、あいつの実力は本物だ！」

「いつまで経っても口の減らないガキだな」

男が言うと、ゴッと鈍い音が聞こえた。

そのあとにネズロが咳き込む。腹を殴られたのだ。

ルナーレは目の前の信じられない光景に衝撃を受けたが、目を逸らすことはしなかった。

胸ぐらを掴まれたことにより露出したネズロの腹には、おびただしい量のあざがあり、今まで何度も殴られたことが見て取れた。

しばらくするとネズロを虐めることにも飽きたようで、彼らは去っていった。

彼らが去るまでの間、ルナーレは飛び出すことができなかった。ただ見ていることしかできなかったのだ。

「ルナーレ、いるなら出てこいよ」

彼らが去ったあと、一人取り残されていたネズロがそう言った。

まさか声をかけられるとは思っていなかったルナーレは驚いた。静かに姿を現す。

ルナーレが出てきても、ネズロは一言も発そうとしなかった。ルナーレは申し訳なさでどうにかなってしまいそうだった。

ついに耐えきれなくなったルナーレは、ネズロの言葉を待たずに口を開いた。

「本当にごめん、ネズロ。僕は君の友人なのに、そのはずなのに……見ていることしかできなかった」

「いいんだよ、ルナーレ」

ネズロは表情を緩めてそう言った。

ルナーレの予想とは裏腹に、その声にも、表情にも、微塵も怒りは感じられなかった。

許しと捉えられる言い方に安堵したのも束の間、次に続いた言葉にショックを受け、ルナーレは地面に崩れ落ちた。

「もういいんだ。オレが平民で、お前が貴族っていう事実はどうしようもねぇ。だからさ、もうオレに関わらないでくれ」

ネズロからはやはり怒りは感じられなかったが、その発言の内容は実質『絶交』のようなものだった。

ルナーレはしばらくの間呆然としていたが、ふと我に返ると、立ち去ろうとしているネズロの後ろ姿に向かって声をかけた。

再会できた友人をまた失う、ということにルナーレはひどく動揺していて、ただがむしゃらに謝罪の言葉を述べることしかできなかった。

しかしネズロから帰ってきた言葉は、「じゃあな」の一言だけで、それ以上の言葉が返ってくることはなかった。

「オレはこれ以上、自分のせいでルナーレが貶められるのは嫌なんだ。だからルナーレ、ごめんな」

ネズロが何か言ったような気がしたが、ルナーレには聞き取れなかった。

4

「それからネズロはいつの間にか王宮からいなくなっていて……それっきりでした。でも先日、ふとネズロの姿を見かけたような気がして。必死に追いかけて、追いついた先で話をしようとしたんです。でも、僕は確かに目の前の彼と話しているはずなのに、まるで言葉が届いている気がしなくて。気付いたら戦闘になってしまい、ひ弱な僕は当然負けて、捕まっていました。まさか行方不明の騒ぎになっていたとは露知らず……」

「そんなことになっていたんですね……どうりで町を捜しても見つからないわけだ」

俺がそう言うと、フェルモンド先生が申し訳なさそうな顔をした。

まさかフェルモンド先生とネズロに、そんな過去があっただなんて。それに少し前の王国の身分差別がそこまでひどかったなんてちっとも知らなかった。

馬鹿王に政権が移ってから、かなり改善されたのだろう。

「彼は見た目や話し方こそネズロとそっくりですが……まるで別人のようでした。いくら僕や貴族、王国を恨んでも、無関係な人に危害を加えるような人物ではなかったはずです。まるで何かに憑かれているみたいだ」

フェルモンド先生の話を聞いた限りでは、確かに優しい人物という印象だ。けれど実際に会ったネズロは、敵意と殺意の塊にしか見えなかった。

フェルモンド先生の「まるで何かに憑かれているみたい」という言葉が妙に引っかかる。

「そういえば、さっき『早くネズロを止めなければ』って言っていましたよね。やっぱり、あのネズロが今回の爆撃の犯人なんですか？」

そう質問すると、フェルモンド先生はゆっくりと頷いた。

「はい、悲しいことに。捕まっているときに聞いたんです。ネズロが『王都を爆破する』と言ったのを。さらには、いずれ王国を滅ぼすとも言っていました。聞けたのはそれだけで、理由も何も分かりませんが。僕はいてもたってもいられなくなって、彼らのアジトから逃げ出し、ネズロを捜しに王都までやってきました」

フェルモンド先生は悲しげに目を伏せてそう言った。

どうやらネズロは王国に強い恨みを持っているようだ。やはり身分を理由に嫌な思いをしたからだろうか。けれどそれだけで王国を滅ぼす、という思考になるとはどうしても思えない。

フェルモンド先生と別れてから、ネズロには一体何があったのだろう。

「ところで、捕まってたのから、どうやって抜け出したんですか？」

「それはこう、ちょっと縄抜けを」

フェルモンド先生はにっこりと微笑みながらそう言った。手で縄を解くようなジェスチャー付きで。

縄抜けは『ちょっと』でできることではないような気もするが……。

「それはそうと、早くネズロを止めなければなりません。今日は『実験のつもり』と言っていましたが、ということは、いつか本番が行われるということです」

「どこへ行ったのか当てはあるんですか？」

「僕が捕らえられていた場所は仮拠点のようだったので、もうあそこには戻らないでしょうね。衛兵に警戒されている以上、分かりやすい場所には現れないでしょうし……」

フェルモンド先生は顎に手を当てて考え込んでいるようだったが、思い当たる場所は浮かばないようだった。

「そうだ、ネズロは夜鴉団に関係があるみたいでしたよ。フェルモンド先生を捜して、クレアさんとアジトに行ったときに、彼に会ったんです。夜鴉団について何か知りませんか？　それについての情報を辿っていけば、ネズロのことも何か分かるかも」

「夜鴉団……最近活発に動いている組織ですよね。ネズロがそんなものにまで関わっていたなんて……」

ますますしょげた様子になったフェルモンド先生を見て、これは今言うべきではなかったと後悔する。

再会した親友に剣を向けられただけでも辛いだろうに、追撃をするもんじゃなかった。

「ああ、でも一つだけ聞いたことがあります。うちの研究員が噂していたんですが、夜鴉団は怪しい実験を行っているとか。新入りの一人が興味津々な様子だったので、僕も気になって……いや、実験は居場所とはあまり関係ありませんよね……」

フェルモンド先生はそう言って、落ち込んだ様子に戻ってしまった。

「いや、今は少しの情報でもかき集めるべきです。早速その新入りに聞きにいきましょう！」

噂をしていた人物は、宮廷学者見習いで、今は学者たちの様々な手伝いをしているそうだ。

おそらく研究室にいるだろうということで、ひとまず王宮へと向かうことになった。しかし事はスムーズには運ばず、俺たちは門番に引き止められてしまった。

「行方不明のフェルモンド様ではないですか！　ご無事ですか⁉」

そういえば、フェルモンド先生が見つかったっていう連絡、どこにも入れてなかったな……

質問攻めにされているフェルモンド先生を横目で見ながら、俺はそう思った。

戦闘の際に服がところどころ破れてしまったため、余計に心配されているようだ。

細かい事情聴取のため、フェルモンド先生はどこかへ連行されていった。あの様子ではかなり時間がかかりそうだ。すぐには戻ってこないだろう。

そう思いながら、フェルモンド先生の後ろ姿を見送り終えたところで、俺はあることを思い出した。それもとんでもなく重要なことを。

「家、飛び出してきたままだ……」

サーッと血の気が引く。まずいまずいまずい。

事件続きですっかり頭の中から消えていた。

出かけたときは午後三時頃だったはずだが、既に日が沈んでいる。これだけ時間があれば、家族の誰かが俺の部屋を覗きにきていてもおかしくない。

そして部屋がもぬけの殻であることに気が付き、フェルモンド先生に続く行方不明騒ぎになっているかもしれない。捜しにいった俺が捜されては元も子もない。

ネズロのことも一刻を争うが、今の俺にとってはこちらのほうが緊急事態だ。

大慌てで自室に転移する。見た目を変えるのも忘れずに……っと。

耳を澄ましてみるが屋敷はいつもどおり静かで、騒ぎにはなっていなそうだ。

ホッとして椅子にもたれたところで廊下から足音が聞こえてきて、思わず背筋を伸ばす。

扉がノックされ、現れたのはラディアだった。

「エル様、旦那様からの伝達です。無事フェルモンド様が見つかったそうですよ。お怪我もないとのことです」

「そ、そっか。無事でよかった」

何食わぬ顔……で答えられたはず……

フェルモンド先生が見つかったことを知っているどころか、さっきまで一緒にいたのだから、新鮮さのないリアクションになったのは見逃してほしい。

それにしても情報の伝達が早い。

「ご心配されていましたものね。ルフェンド様とセイリンゼ様も、安心しておられましたよ」

「うっ、うん！　本当によかったよ」

俺がそう答えると、何故かラディアがじっと俺を見ているのに気が付く。

何もおかしいところはないはずだが、バレないかドキドキしてしまう。

姿は戻しているし、服装も魔法で綺麗にしたし、何も変なところはないだろう。

ラディアはしばらく俺を観察するように見ていたが、特に何か言うこともなく退室していった。

いつの間にか息を止めてしまっていた。ラディアがいなくなったあと、不足気味になっていた空気をゆっくりと吸った。

バレて……ないよな？

ラディアはいつも妙に鋭いから不安だ。どうかバレていないことを願うしかない。

事情聴取を終えて王宮の門へ戻ってきたフェルモンド先生は、俺がいないことを不審に思うかもしれないけど、そこはどうか察してほしい。

これ以上家を空けることはできなかったんだ。

諸々のことについて、馬鹿王に知らせるべきかもしれないが、その辺りはフェルモンド先生が判断してくれるだろう。

本来ならフェルモンド先生と一緒に新しい魔法体系について相談しているはずだったけれど、そんな場合ではなくなってしまった。

仕方ない。『災厄の日』、そして新しい魔法については、この件が片付いたあとだ。

翌日。気になることだらけだが、流石に授業をすっぽかすわけにもいかず、通常どおり学園へと

向かう。

爆発があったとはいえかなり小規模なものだったため、ただのボヤ騒ぎとして処理された。

しかし教室まで向かう間も、出席確認が始まっても、俺の脳内は昨日の出来事でいっぱいだった。

あまり内容のない授業も頭に入らず、実技科目では考え事にふけっていたせいで、なんでもない攻撃に気が付かず、危うく怪我をしそうになった。

友人たちからは沢山心配の言葉をもらったが、特に体調が悪いわけでもないので、少し申し訳ない気分になった。

兄様と姉様は元気だと言ってもなかなか信じてくれず、保健室に連行しようとしてきて、止めるのがなかなか大変だった。

「はい帰った帰ったー」

Sクラスはいつもどおり早めの下校となり、エノスト先生に追い出されるようにして、俺たちは教室を出た。

「本当に調子は悪くないの？」

「無理はしないでね」

兄様と姉様はまだ俺のことを心配しているらしく、声をかけてくれる。気持ちはありがたいが、本当に俺は元気なんだ。

「大丈夫大丈夫。少し考え事をしていただけなので。あ、そうだ！　僕はフェルモンド先生に用があるから、兄様と姉様は先に帰っていてください。『聖女』関係の相談をしたいんです」

そんな様子の二人をなだめつつ、なんとか振り払うことに成功した。

『相談』に関しては、半分本当で半部嘘だ。

本当の目的は、フェルモンド先生と昨日の出来事について話すことだ。例の新入りに、夜鴉団がしているという実験の噂について、聞けたかどうかも気になる。

エルフの里で習得した魔法のことについてもいずれは相談するつもりだが、まずはこっちが優先だ。

学園から王宮までは少し距離があるが、今回は歩いて向かうことにした。

もし『災厄の日』が来たら、魔法が思うように使えなくなる。だから、なるべく魔法に頼り切りの生活はやめて、最近は基礎体力をつけるようにしているのだ。

数分ほど歩くと、王宮の門が見えてきた。

門番をしているのは、昨日フェルモンド先生を連れていったのと同じ人物だった。

研究室の場所は、以前近くを通ったことがあるので大体把握している。

複数ある研究室のうち、フェルモンド先生のものがどれかまでは分からないが、近くまで行けば他の学者もいるし、なんとかなるだろう。

迷うことなく研究室辺りまで辿り着くと、宮廷学者のブローチを身に着けた人物を見つけ、声をかける。

「すみません、フェルモンド先生ってここにいますか？」

「フェルモンドなら、さっき調べものをするとかで出ていったけれど……何か用だったかな？　よかったら私が伝えておくけど」

「いや、大した用事じゃないので大丈夫です。しばらくしたらまた来ます」

どうもタイミングが悪く、入れ違いになってしまったようだ。

大した用事ではあるが、このことについて学生姿の俺が話しても、訝(いぶか)しがられるだけだろう。もし信じてもらえても、騒ぎになっては困るし。

調べものなら図書室に行っているだけだろうし、数十分もすれば帰ってくるはずだ。

何をして時間を潰そうか考えたところで、クレアさんのことを思い出した。あのあと、無事安全な場所まで逃げられただろうか。

下手に夜鴉団に手を出していないだろうか。

報酬ほしさに無理をしていた辺り、彼女は金欠なのだろう。

ギルドに来ると、必ずと言っていいほど山盛りの依頼を受けているし。

もしかしたら、今日もギルドに来ているかもしれない。

ギルドまで徒歩で移動して、クレアさんの無事と、新しい依頼を確認して戻ってくれば、ちょうどいい時間になるだろう。

それに、実は王都をあまりじっくりと散策したことがなかった。たまにはゆっくり一人で色々歩き回ってみるのもいいだろう。

そう思って王宮を出て、外見を成長させギルドへと向かう。

最近の王都の治安が悪いことは身をもって確認済みなので、姿を十五歳くらいに成長させ、なるべく表通りに近い道を歩くよう心がける。

爆発で破壊されたところは全てとは言えないが、ほとんどが修復されていた。活気もあり、影響があまりなさそうで安心する。

ギルドまであと少しといったところで、進行方向に人だかりができていることに気が付いた。

近くまで行って様子をうかがってみると、どうやら昼間から酔っ払いが喧嘩を始めたようだった。

それを面白がって、野次馬がむらがっている。

衛兵が止めに入っているが、悪ノリしている民衆たちに邪魔をされ、思うように動けないようだ。

この道を通るのは諦めたほうがよさそうだ。

そうなると、少し表通りからは離れることになるが仕方ない。いくら治安が悪いとはいえ、裏路地ではないし、昨日のような危険もないだろう。

騒ぎ立てている民衆たちを横目に、狭い通路を通り、表通りの一つ横の道へと移動する。

そのときだった。

いきなり視界が覆われ、辺りの様子が見えなくなる。何か袋状のものを頭から被せられたようだ。

「え？　は、ちょっと何を――」

手を動かしもがくと、体を地面に叩きつけるようにして押さえつけられた。痛みと衝撃を感じ、小さなうめき声が漏れる。

状況を理解できないながらも、なんとか逃れようと身をよじる。押さえつける力が一瞬弱まったかと思うと、袋越しに何かを口元に押し付けられた。

クラクラするような甘い香りがして、急速に意識が遠のく。まずいと思うがもう遅く、俺の記憶はそこで途切れた。

5

カツン、カツーン、と何かが反響する音が聞こえて、ぼんやりとしていた意識がはっきりとしてくる。

目を開けると周囲は薄暗く、遠くまではよく見えない。

地面に手をついて起き上がろうとするも、それは叶わなかった。手首と足首が、縄でキツく縛られているようだ。

しっかりと縛られていて、解くどころか緩む気配すらない。うっ血していないか心配になるほどだ。

魔法はまだ解けておらず、外見は成長したままだ。なるほど、気絶しても魔法は解けないと。メモメモ。

気絶する直前に嗅がされたもののせいか、妙に頭がぼうっとする。

あやふやな記憶から推測するに、俺は何者かに捕らえられたようだ。薄暗いから、どこかの地下だろうか。

なんにせよ、さっさと逃げるに越したことはない。転移魔法でトンズラしようとしたところで、不意に呼びかける声が聞こえた。

「お待ちください！」

急に声をかけられた驚きで、魔法の発動を止める。

薄暗い中、目を凝らすと、暗闇にいたのは見覚えのある美少女だった。そう、ネズロの仲間らしき人物で、俺とクレアさんを空間魔法で転移させた張本人だ。

「お前は――――！」

「しっ、お静かに」

「むぐっ」

口に手を押し当てられ、言葉の続きは止められてしまった。

「あまり大きな声を出すと、他の団員に気付かれてしまいます」

少女は真剣な顔でそう言った。

他の団員って、夜鴉団の団員ってことだよな？

この少女はやっぱり彼らの仲間なのだろうか。それともここにいるってことは、夜鴉団に捕らえられて、利用されているとかか？

俺が混乱していると、ふと手首の窮屈さが消えた。続いて足も自由になり、やっと少女が縄を切ったのだと理解した。

こんな行動をするなんて、ますますどういうことか分からない。

「手荒な真似をお許しください、白髪のお方。あなたとお話するにはこうするしかなかったのです」

少女の発言に、脳内が疑問符で埋め尽くされる。

わけが分からないのは相変わらずだが、少女からは敵意が感じられない。俺の勘が合っているなら……何か事情があるのかもしれない。

いつでもトンズラはできるよう心構えはしておいて、ひとまず魔法を発動するのはやめた。

その些細な魔力の変化は、他人には分からないはずだが、少女は心なしか安心したような表情をした。

彼女はかしこまったように背筋を伸ばし、無表情だった顔に笑顔を張り付ける。

「わたくしはアステルと申します。あなた様に、折り入ってお願いがあるのです。どうかボスを、ネズロ様を止めていただけないでしょうか」

「……どういうこと？　君とネズロは仲間なんじゃ？」

そう言うと、少女――アステルは苦しげな顔をした。

「ええ、そのとおりです。わたくしは生涯をネズロ様に捧げると誓った身。裏切ることなどあり得ません。ええ、あり得ないはずでした」

アステルは俯きながらそう言った。

あり得ないはずだった。その言葉から、アステルがまだ迷っていることが読み取れた。

「とりあえず、事情を聞かせてもらってもいい？」

「長くなりますが……」

俺が尋ねると、アステルは戸惑いがちに前置きをしてから話を始めた。

アステルは混乱しているのか、話の内容はあちこちへ行ったり来たりした。しかし、その様子は本当に真剣で、俺は必死に耳を傾けた。

「……ネズロ様は、あんなお方ではありませんでした。少なくとも、少し前までは。いくらこの王国を恨もうとも、決して罪のない市民を殺めるような方では――！」

アステルは大声を出しそうになったことに気付いたのか、慌てて自身の口を塞いだ。

その目は今にも涙が零れそうなほど潤んでいて、長い睫毛には水滴がついている。

「お、落ち着いて」

「申し訳ありません、つい感情が高ぶってしまい……」

アステルはそう言いながら目元を拭った。アステルがそうしている間に、俺は今までの話を脳内でまとめる。

アステルの話によると、出会った当初、ネズロは心優しい人物だったそうだ。

詳しくは聞けなかったが、路頭に迷っていたアステルを助けてくれるぐらいに。

しかし彼はだんだんと、まるで何かに蝕まれているように変わっていったそうだった。そして気づいたときにはまるで別人のようだったと。

夜鴉団も最初は小人数で義賊のようなことをするだけだったが、彼が悪事をするようになると、それに賛同したゴロツキが集まり、次第に大きくなっていったらしい。

アステルはネズロが王国に危害を及ぼすことに、当然賛成しなかった。

しかし、真正面から否定をすることはできなかった。アステルは彼の生い立ちをよく知っていたからだ。

そしてはっきりとは言わなかったが、彼女も貴族のことをよく思ってはいないようだった。

フェルモンド先生からネズロの過去について聞いたから、俺もアステルの気持ちは分かる。俺が彼女の立場にあったとしても、黙って頷くことしかできなかっただろう。

「でも、やっぱりこんなことは間違っているのです。あんなの、わたくしが尊敬したボスなんかじゃない――!」

アステルは手を固く握り、声を震わせながら言った。

彼女はやはり、ネズロを止めたいと思っている。

しかし、一人で彼のもとに向かえば、その決心が揺らいでしまうかもしれない。せめて、俺にできることは……

「君と一緒にネズロが王国を攻撃するのをやめるよう説得するよ。それでいい?」

説得したところでやめてくれるかは分からないが、そのときは力ずくでも止めるしかない。俺だって王都がめちゃくちゃになるのは困る。

「……協力、してくださるのですか。あなたに一度は敵意を向けたわたくしたちに」

アステルは信じられないといった様子でそう言った。この反応を見るに、どうやらだめ元で頼みにきたようだ。

言われてみればそのとおりだし、普通なら協力しないのがどう考えたって正しい判断だ。

でも……

「困ってるんでしょ？」

「え、ええ。それはそうですが――」

「助けを求められてるのに断るなんて、小心者の僕は、恨まれないか心配になっちゃうだけだよ」

そう。俺はどうしようもなく小心者で、お人好しなのだ。

小心者とお人好し、我ながら最悪の組み合わせだと思うが、持って生まれてしまったものは仕方がない。

この性質がなければ、今よりは平和に暮らせたんだろうなとも思うが、そのおかげで救えたものもあるし、ひとまずよしとした。

直らないものについて考えたって仕方がないし。

「――ありがとうございます、白髪のお方。心の底からあなたに感謝をいたします」

アステルはふわりと微笑んでそう言った。

なんだかいちいち仰々しい物言いだ。

「よかったらエルティードって呼んでほしいな。この髪色、ちょっと気にしてて」

「これは失礼を。ではエルティード、これからよろしくお願いしますね」

仰々しいのに、名前はさん付けとかじゃなくて呼び捨てなのか、と少し笑ってしまう。そっちのほうが気がねなくていいけどさ。

アステルの話によると、王都爆撃の決行日は四日後。

爆発はネズロの魔法によって引き起こされる。

それ以上の情報は、たとえ団員であっても、いつもネズロの側にいるアステルであっても、知らされていないそうだ。

四日後までに、ネズロを説得する。どう考えても無理難題だが、やるしかない。もしだめだったら武力行使だ。

「ところで、一旦王宮に伝達……は、だめだよね」

「当たり前です。王国側に不穏な動きがあれば、ネズロ様が何をするか分かりません。それに先ほど『説得』してくださると申したではありませんか」

アステルは冷たくそう言い捨てた。

王宮に伝えるのはだめ元だったから、却下されたのはいいとして、説得するにしても、それで丸く収まる自信がないんですが……

「じゃあ家に帰るのは……」

フェルモンド先生に続き、俺まで行方不明になったらシャレにならない。いつも仕方なく無断外出しているとはいえ、家族を心配させるのは本意ではない。

「それはなりません」

「えっ」

アステルは、簡潔に否定の言葉を述べた。

「一度ここに捕らえた以上、連れ出してはネズロ様や他の団員に見つかってしまう危険があります。このようなことをしているのが知られれば、わたくしたちの命はありません。できれば誘拐などせずに、穏便に話し合いの場を設けたかったのですが……わたくしの行動はネズロ様に逐一報告しています。なので怪しまれずに外出し、あなたと話をするには、捕らえて尋問という形で話すしかなかったのです」

アステルはそう淡々と説明した。

ところどころに物騒なワードが含まれていた気がするが、きっと気のせいだ。

「じゃあ僕は、事が済むまでここから出られない、と」

「そうなります。ご安心を、きちんと食料などは運ばせますので。心配は不要です」

まさかの展開に絶句する。

食べ物があればいいって話じゃないんだよ。

これでフェルモンド先生に続き、俺も行方不明になることが決定してしまった。

「転移魔法で抜け出せばバレないんじゃ……」

「もぬけの殻になっている地下を見られたら、空間魔法を使うわたくしの首が飛ぶでしょうね」

脱出方法を提案してみたが、バッサリ切り捨てられた。

そんなことを言われては、勝手に逃げ出そうにも、そうはいかなくなるじゃないか。

「どうして僕なんだ……もっと適任者がいたんじゃ。フェルモンド先生とかさ」

「フェルモンド……ああ、あの宮廷学者の方ですか。あの方は、ネズロ様から警戒されておりますので」

だからといって俺なのもよく分からないけどなぁ……

「まぁ、話し合いでの説得に関してはほとんど期待していません。ですので、力ずくでも説得していただければと。それならば、エルティィードが適任と判断しました」

どうやらアステルは、初めから力ずくで説得するつもりだったようだ。最初から穏便な解決は期待していなかったらしい。

話し合いにせよ、力ずくにせよ、困るものは困る。でも引き受けてしまった以上、そして王都に危機が迫っている以上やるしかないのだ。

アステルによると、説得を試みるのは明日。

今ネズロは出かけているらしく、明日戻ってきたところに突撃する予定だそうだ。

話し合う間もなく戦闘になりそうだが……

アステルによると、最近ネズロはアステルの意見をあまり聞かなくなってしまったらしい。

王都の爆破を考え直すよう進言しても無視される。様子がおかしい理由を尋ねても、一切答えてもらえない。

けれど力ずくで『説得』にかかれば、アステルに向き合って、言葉を聞いてくれるのでは、と考えたとのこと。

そういうものなのだろうか……

どうにも脳筋理論な気がするが、どちらにせよこれしか方法がないのだから仕方ない。

どうなるか全く分からないので練習はできないが、せめて得意魔法や戦闘スタイルは話し合っておく。

「わたくしの得意魔法は空間魔法です。ですが移動や亜空間の操作、結界などに特化していて、戦闘向きではありません。わたくしはサポートに専念し、攻撃につきましてはエルティードにお任せすることになります」

「分かった。僕は魔法全般得意かな、器用貧乏とも言うけど。よく使うのは……《アクアバレット》――小規模だけどコントロールが利く、水属性の攻撃魔法だ。あと、短剣に魔力を纏わせて戦うとか」

空間魔法を発動し、アイテムボックスに収納していたミスリル製の短剣を取り出す。

「近距離型ということですね」

アステルは説明を聞くと、そう呟いた。

「あと、それからもう一つだけ。大きく戦局を左右する手札をわたくしは持っています」

アステルは流れるような仕草で手をそっと目元に添え、そう続ける。

アステルの瞳が水色から、吸い込まれるような深い紫へと変わっていき、同時に魔法陣のような複雑な文様(もんよう)が刻み込まれていく。

その瞳は薄暗い中でキラキラと輝いていて、まるでこの世のものではないような美しさだ。

「綺麗だ……」

口に出すつもりはなかったのに、思わずそう声が漏れた。少し間を置いて、アステルの目が見開かれる。

もしかして触れちゃいけない感じだった？

「綺麗……ですか。そんな風に言われるのは初めてです」

「え、初めて？　こんなに綺麗なのに……」

「ええ。あまり人に見せる機会はありませんし——この目の力を知ってしまえば、そうは思えなくなってしまうでしょうから」

アステルが伏せていた目を真っ直ぐ俺へと向ける。

瞳に俺の姿が映し出された。

紫がさらに濃くなり、刻み込まれた文様が、浮かび上がって輝き始める。

思わず見とれてしまうような美しさだ。

けれど、どこか怪しさというか、引きずりこまれてしまいそうな不思議な感覚を覚える。

それにしても、『そうは思えなくなる』とは一体どういうことなんだろう。

「——不遜なる者よ、我が瞳の前にひれ伏すがいい」

キン、と頭に直接甲高い音が響いたかと思うと、俺は地面に膝をついていた。

少しもそうする気はなかったというのに。まさに体が勝手に動いた、というような感覚だった。

体を動かそうとしても、指先一つ動かない。

そして、こちらをじっと見据えている紫色の瞳から、少しも視線を逸らせない。

『ひれ伏すがいい』というたった一つの指令だけが、俺の体を支配している。そんな感じがした。

「この瞳は魔に属すもの——魔眼という代物です。この瞳に映し出されたものは、決して下された命令に逆らえなくなるのです……恐ろしいでしょう？」

アステルが目元から手を離すと、徐々に瞳の輝きが小さくなり、文様も消えてゆく。

瞳がもとの水色へと戻った頃には、すっと体が軽くなり、元どおりに動くようになった。

アステルは少しだけ悲しげな表情をしているように見える。

でも今の俺はそれどころではない。

「かっこいい……！」

堪えきれずにそう言うと、アステルは信じられないものでも見たように、二、三度瞬きをした。

なんだその反応は。

あんまりにもかっこよすぎるんだから仕方ないだろ！

魔に属する瞳だなんて、厨二病心をくすぐられないわけがない。

しかも色が変わって文様まで浮かび上がるというオプション付きだ。叶うなら俺にも搭載してほしいぐらいだ。

「ふふふ、あはは！」

突然笑い始めたアステルに、今度は俺がぎょっとする番だった。

アステルはひとしきり笑ったあと、目元に浮かんだ涙を拭った。

「ふふ、悩んでいたわたくしがバカみたいです。恐れるどころか『かっこいい』だなんて、全くあなたは！」

「だって、本当のことだから仕方ないじゃん……」

「こんな得体のしれない力、怖がるのが普通ですよ」

アステルはそう言ってまた笑った。

笑わせるつもりはなかったが、先ほどまで悲しげな表情を浮かべていたアステルが、楽しそうにしてくれたのは素直に嬉しかった。

「さて、話を戻しましょうか。まずわたくしが、この眼でネズロ様の動きを止め、そして、エルティードとわたくしで対話を試みます。ネズロ様が相手となると、命令を下せる時間はそう長くありませんが……」

「分かった。それでだめだったらすぐさま戦闘に移行ってことでいい？」

アステルはこくりと頷いた。

「ネズロ様に言葉が届く保証はありません。わたくしだって、本当ならボスに刃を向けたくない……けれどもう、これしか方法は残されていないのです」

アステルは辛そうに顔を歪めてそう言った。

アステルとネズロの関係性は詳しくは分からないが、きっととても大切な人なのだろう。でないとこんな顔はしない。

決行は明日。

硬い地面で眠りにつくまでの間、アステルの表情が頭から離れなかった。

◇　◇　◇

バタバタと騒がしい足音が聞こえてきて目が覚めた。

「そこのお前、起きろ、起きろったら！」

体を乱暴に揺さぶられ、重い瞼を持ち上げる。

視線の先には、見慣れない青年がいた。かき上げた前髪が爽やかだ。

切羽詰まった表情を浮かべてはいるが、もし笑っていたならば、もっと人好きのする青年に見えただろう。気のよさそうなおばちゃんに好かれそうな、ちょっと不憫な感じの。

しかし記憶を漁ってみても、この好青年のものはない。

「ええと……誰ですか？」

「俺はラック、アステルの知り合いで、夜鴉団の手伝いみたいなもんだ。不審者じゃないから安心しろ。って、そんなことよりさっさと起きろ、緊急事態だ！」

「……緊急事態⁉」

その単語を聞いて、一気に脳が覚醒する。まさか、アステルの作戦が失敗したのか⁉

「お前だけでも逃がせってアステルから言われたんだよ！　ほら、分かったらさっさと行くぞ！」

グイッと強引に手を引かれ、強制的に走り出す形になる。

分かったらと言われても、まだ何も分かってない！

通路を走り続けるラックに向かって、やっとの思いで、途切れ途切れになりながらも言葉を投げかける。

「ちょ、ちょっと待って！　まだ何があったのか一切聞いてないんだけど！　僕だけでも逃がせって、一体何が――」

「お前とネズロを止めようとしたことが、本人にバレちまったんだよ！」

ラックは振り返らないままそう言った。

アステルの『わたくしの首が飛ぶ』という言葉を思い出し、さっと血の気が引いた。

首が飛ぶというのが比喩表現だったとしても、裏切りがバレたらどうなるかは想像に難くない。

「アステルは、アステルはどこに!?　早く助けにいかないと！」

俺がそう言っても、ラックは振り返ってくれなかった。

それどころか、余計に腕を掴む力が強くなる。無理やりにでも振りほどこうとすると、泣きそうな顔のラックに睨み付けられた。

「どうして……」

「これは命令なんだ。俺だってできることならば助けにいきたい。でもあの眼に命令にを下されてしまえば、逆らうことは叶わない……！　クソッ、なんだってこんなことに……」

ラックは震える声でそう言った。

その言い方からして、アステルはあの眼を用いて彼に『命令』したようだった。

ラックはとても優しそうな青年に見えるし、そうでもしないと逃げないと判断したに違いない。

しかし、俺も譲るわけにはいかない。

少し話をしただけの仲だが、見捨てるなんてできない。ラックの手を無理やり振り払い、体の向きを変える。

「あっ、お前！」

「ごめん！」

謝罪をしてから、地面を蹴って走り出した。

後ろからラックの呼び止める声が何度も聞こえてくる。しかし、その声を無視して走る。

走りながら短剣を取り出し、魔法を幾重にもかけ、戦闘準備を整える。

細い通路を走り抜けると、太い一本の通路に辿り着き、さらに進むと階段が見えてきた。

階段の上からは光が差し込んでいて、地上へ続いていることが分かる。あてずっぽうに進んだ割には早く出口を見つけられた。

階段を一息に駆け上がると、予想どおり周囲が一気に明るくなる。見る限り、どこかの建物の中に出たようだ。

建物は少し古びているものの、しっかりした作りをしている。

ここが夜鴉団の本拠地なのだろう。

三本ある廊下のうち一番太い廊下に進もうとしたところで、遠くのほうから声が聞こえた。

小さすぎて何を言っているかまでは聞こえなかったが、アステルのものであるような気がする。

急いで踵を返し、声が聞こえた方向へ向かう。

「——！」

もう一度、今度は先ほどよりもはっきり声が聞こえた。やっぱりこの声はアステルのものだ。

足に力を込めて、走る速度を上げる。

廊下の突き当たりには、大きく重厚(じゅうこう)な扉が鎮座(ちんざ)していた。閉じられている扉を、迷いなく開け放つ。扉の先は外に繋がっていた。

そして、その先には予想どおり、ネズロとアステルがいた。

ネズロから発せられている殺気は、とても仲間に向けるようなものではない。心の底から敵意を向けている、そうはっきり分かるものだ。

「ですからボス、どうかお話を……！」

「話なんか聞く必要ねぇだろうが。お前は夜鴉団を、オレを裏切った。それだけが事実だ」

「違うのです、どうか――ひっ！」

追い詰められていたアステルに向かって、ナイフが投げつけられた。ナイフはアステルの顔の真横を通る。

長い金髪が一束切れ、地面に落ちた。

「……って、またお前か、白髪野郎。邪魔を入れるのが好きなようだな」

緩慢にネズロの視線が俺のほうへと向けられた。

そこではっと我に返る。

そうだ、俺はアステルを助けにきたんだ。固まってる場合じゃない。

「アステルに何してるんだ！　仲間なんじゃなかったのか！」

「元、な。こいつがオレを裏切った今は仲間でもなんでもないさ。裏切り者には裁きを、常識だろ？」

ネズロはそう言って、いつの間にか新しく取り出していたナイフをくるくると回していた。

ついさっきまでの痛いほどの殺気は、今はなりを潜めている。

しかし、それは俺が乱入したことによる一時的なもので、完全に消えたわけではないのだろう。

ネズロへ最大限の警戒を向けつつ、短剣を構えて戦闘態勢を取る。

ネズロはおそらく相当強い。

俺だけならまだしもアステルもとなると、すんなりとは逃がしてくれなそうだ。

どのみち最初から戦闘をする予定だったんだ。少々計画は狂ったけど、結果オーライだ。

この状況を切り抜けるには、どうにかしてネズロに勝つしかない。改めてそう思って、気を引き締める。

しかしネズロは、興味なさげに俺から視線を外した。そして壁際にいるアステルへと近寄っていく。

「コソコソ何かしてると思えば、まさか裏切りの企てとはな。全く驚いたぜ。お前だけは絶対に裏切らねぇと思ってたけどな、アステル」

ネズロは俯き気味のアステルの顔を覗き込むようにしてそう言った。

アステルの目はしっかりとネズロを捉えているが、言葉を発する気配はない。

「なんとか言えよ」

ネズロは苛立ったようにそう言った。

引っ込んでいた殺気がまた強くなって、割り込むかどうか迷う。しかしアステルに視線で制止される。

「ネズロ様。どうか王都の爆破の件、考え直してはいただけないでしょうか」

ネズロはアステルから飛び出した言葉が予想外だったのか、驚いたような表情を浮かべた。しかしそれはすぐに冷笑へと変わる。

「なんだ急に」

「いいえ。ずっと考えていたことです」

ネズロの眉が不機嫌そうに歪められ、空気が張り詰めた。

今度こそまずい。

急いで魔法を発動しかけるも、その詠唱はアステルの声により遮られた。

「不遜なる者よ、我が瞳の前にひれ伏すがいい」

キイン、という音とともに、アステルの瞳が怪しい色に光り、紋様が刻み込まれていく。

俺が昨日見た光景と同じだ。

「アステル、お前……！」

ネズロは少しの間、抵抗するような様子を見せていたが、ついに膝がガクリと折れ、地面に崩れ落ちた。

それと同時に、ネズロの手から落ちたナイフが、地面にぶつかる。

「エルティード、今です！」

「分かった！」

顔を上げてそう叫んだアステルに最低限の返事をして、一番使い慣れた魔法を発動する。殺傷能力がどうとかは、考えている余裕がなかった。

「《アクアバレット》！」

水の弾丸が複数生成され、ネズロめがけて飛んでいく。

しかしそれは、あと数センチで辿り着くというところで霧散した。

前回と同じく、どこからか取り出されたネズロの大剣に薙ぎ払われたのだ。

「やってくれたなぁ、アステル」

ネズロは焦った様子もなく、なんともなしに立ち上がった。

アステルの眼に『ひれ伏せ』という命令を下されているというのに、だ。

想像していなかった展開に固まる俺の横で、アステルがもう一度目元に手を添えた。

「我が命を聞き入れよ！」

アステルの瞳が一層輝きを強めるが、ネズロは余裕な笑みを浮かべてその場に立っているだけだった。

重さなど感じさせないほど軽々と大剣を持ち上げるネズロには、少しもアステルの眼は効いていないように見える。

ネズロの鋭い視線はただ一人、アステルに向けられていた。部外者である俺には目もくれていない。

アステルに振り下ろされた大剣を、滑り込むようにしてどうにか受け止める。腕にビリビリと痛いぐらいの衝撃が伝わってきた。

「ぐッ……」

「……ったく、鬱陶しいな！」

大剣にさらに力が加わり、俺の短剣が弾き飛ばされそうになる。身体強化魔法を何度も重ねがけして、なんとか耐える。

いくら素材にドラゴンの鱗を加えているとはいえ、大剣相手に短剣では無理があるし、リーチに差がありすぎる。

「ッ……！」

俺はギリ、と歯を食いしばり、迫ってくる大剣を押し戻さんする。

実際には数秒間だろうが、永遠とも思えるほどの時間だ。しかしその力比べは、透き通る声によって制止される。

「跪け、不遜者よ！」

俺の後ろでまだ眼を使い続けていたアステルがそう叫んだ。

しかし、ネズロの力が弱まったのは一瞬だけ。

大剣にのしかかる圧力はますます重くなっていく。

視界の端で捉えたアステルの目から、血が流れているのが見えた。あんな尋常ではない力なのだ、目に負担がかかっているに違いない。

「アステル、もういい！　あとは僕がどうにかするから、君は下がって！」

「いいえ、わたくしはまだ下がるわけにはいかないのです！　わたくしはまだ、ボスに何も伝えていない……！」

アステルの瞳が目も開けていられないほど強く輝いた瞬間、少しだけネズロの力が緩んだ。その隙にどうにか大剣を押し返し、アステルのところに移動する。

しかし、今の一瞬で、一撃で分かってしまった。ネズロには、俺が全力を出しても敵わない。これまでの経験がそう言っている。

俺たちは二人がかりで、しかもアステルの眼があっても、ぎりぎり互角かどうかと言ったところ。魔法を連続で発動さえできれば、俺が勝てる可能性もあったが、この男はそんな隙を与えてくれない。

大剣という重い得物で戦っているにもかかわらず、俺が魔法名を唱え始めようものなら、すぐさま斬りかかられる。

口を開こうとした瞬間には、もう間合いを詰められているのだから、どうしようもない。

転移魔法で逃げることすら叶わない。いよいよ本格的に命の危機だ。

「ぐ……」

アステルのうめき声が聞こえて我に返る。

彼女は片目を手で覆ったまま、顔を歪めてうずくまっていた。手の隙間からはぽたぽたと血が滴り落ちている。さっきの無理が祟ったに違いない。

それを見ても、依然として笑みを浮かべたままのネズロに、無性に腹が立った。剣も構えず一切警戒している様子のないネズロを、思いきり睨み付ける。

「ネズロ、お前はどうしてこんなことをするんだ！　昔はこんな風じゃなかったって……」

「昔のことなんか知ったこっちゃねえ。今のオレにあるのは、貴族への、王国への憎しみだけだ。それを邪魔する者は排除する」

ネズロは淡々とそう告げた。

今のネズロと、フェルモンド先生やアステルが言っていたような優しげな人物像は、どう考えたって結びつきようがない。

でも、彼らが言ったことが嘘とは思えない。

何より、昨日のアステルのネズロへの敬意は本物だった。最初からこうだったならば、あれほどの感情を向けることはないはずだ。

「話はそれで終いか？　なら今度こそ終わりだな」

ネズロは無造作な構えで大剣を振りかぶった。

その速度はすさまじいもので、瞬きの間に眼前に刃が迫る。

かろうじて短剣で受け止めようとするも、大剣の重さにより簡単に弾き飛ばされてしまった。

「あ」

口からそんな意味のない音が零れる。

短剣を拾って……いやそんなことより早く結界を！

でももう間に合わないし、そんな隙を与えてもらえるわけがない！

信じられないほどの速度でいくつもの考えが頭を駆け巡るが、体はそれに追いつかない。

俺の体はネズロの大剣に叩き潰される――はずだった。

「……？」

大剣はあと数センチで俺に触れるすれすれのところで、動きを止めていた。ネズロ自身も、信じられないというように目を見開いている。

とにかく、大剣は振り下ろされていない。

何故かは分からないし、考えている暇もない。でも間違いなく、チャンスは今だ。

「《――転移！》」

一瞬にして周囲の風景が切り替わり、息ができないほど張り詰めていた空気も消え去った。

とっさに抱えたアステルも一緒に転移できてよかった。魔法は問題なく発動できたようだ。

一度だけ深呼吸をしてから、辺りの様子を確認する。

何度も転移しているせいか、無意識に選んだ転移先は自宅の玄関だった。突然訪れた安心感に気が抜けて、今にも床にへたり込みそうになる。

でもどうやらそれは許してもらえないようだ。よりにもよって一番面倒な人たちに見つかってしまった。

俺たちのもとに、兄様と姉様が駆け寄ってきたのだ。

「エル、だよね……？　その姿はどうしたの、それにその女の人も！」

「兄様、事情を聞くのはあとよ！　この人怪我をしているみたい。早く手当てしなくっちゃ！」

しかし俺の兄姉たちは案外早く状況を理解したようで、質問攻めより先に、家族を呼びにいった。

数分と経たずに誰かがやってくるだろう。

いざというときは頼りになる。

「ここは……」

アステルは片目を押さえ、俯いたままそう言った。

顔を上げる力も残っていないものの、ネズロから逃げられたことは理解したようだ。

「もうじき誰かやってきて手当してもらえると思うから、心配はいらないよ」

「そう、ですか。うっ……！」

アステルはうめき声を上げ、顔をしかめた。

片目を押さえる手には力が込められている。

「大丈夫⁉」

「ご心配には及びません、少々痛むだけですので……」

アステルはそう言ったが、とても『少々』という具合には見えない。

今すぐにでも回復魔法をかけたいが、目はとても繊細な器官だ。もし使うにしても、ラディア辺りに怪我の具合を見てもらってからのほうがいいだろう。

俺がオロオロしていると、ラディアを引き連れた兄様と姉様が戻ってきた。

アステルの怪我のことを伝えたのか、ラディアの手には救急箱が抱えられている。

ラディアは俺たちを見て動揺したようだったが、すぐに冷静な表情に戻った。

「いつもと随分お姿が違いますが、エル様ですね？」

「うん、確かに僕はエルティードだよ。ラディア、この人の手当てをお願い」

俺がそう言うより早く、ラディアはアステルのほうへ近寄っていた。

「あなたは……？」

「エル様の従者です。怪しい者ではございません。手当てをさせていただきますが、よろしいですね？」

ラディアは有無を言わせない様子でそう言った。

アステルが頷いたのを確認してから、怪我の具合の確認を始める。

出血のひどかった片目を確認し終えると、ラディアは俺に向き直った。

「エル様、少々よろしいでしょうか」

ラディアは真剣な顔でそう言い、アステルから少し離れた位置へ来るよう俺に手招きした。何やら伝えることがあるようだ。

壁際へ向かうと、ラディアは声のボリュームを落とし、俺に耳打ちした。

「体のほうは問題ないのですが、左目が複雑な損傷をしています。エル様、一体あの方に何があったのですか？」

しかしどこから、そしてどこまで話していいのか分からず、俺は言葉に詰まってしまう。

まずはアステルの眼について説明する必要があるが、あの特殊(とくしゅ)な眼について話すのは本人の了承(りょうしょう)を取ってからのほうがいいかもしれない。

「わたくしの眼についてですね？」

突然聞こえたその声に、びくりと肩が跳ねた。

考え込んでいる俺を見守っていたラディアも、珍しく驚いた顔をしている。

「あ、その」

俺が言葉に詰まっていると、アステルがさらに続ける。

「よいのです、分かっていますから。実を言うと、先ほどから左目が全く見えないのです。あまりに無理をしすぎたのでしょうね。手当てしていただいたとしても、止血ぐらいの効果しかないでしょう」

アステルは特に悲しそうな様子もなく、なんとも思っていないかのようにそう言ってのけた。

「回復魔法は？　これでも僕、腕一本修復できる程度には得意で――」

急いでそう言うが、アステルはゆっくりと首を横に振った。

「この眼は特殊です。自分でも色々と調べたことがあるのですが、『魔眼』は一つの独立した魔力器官になっています。わたくしの魔力で力を発動しているのではなく、眼そのものに魔力が宿っているのです。しかし、今は魔力を感じません。この眼はもう死んだも同然。魔法で生き物の蘇生(そせい)ができないように、この眼が魔力を、そして光を取り戻すことはないでしょう」

アステルはただ事実を並べているだけ、といった様子でそう説明した。

失明したことについて、悲しんではなさそうだった。

人体の中でも大切な器官である目、しかも魔眼という希少なものを失ったにもかかわらず、どうして悲しんだり惜しんだりすることがないのか、俺には分からなかった。

「そのような顔をなさらないでください、エルティード。片目を失明したのはわたくしであって、あなたではないでしょう？」

「そりゃそうだけど……」

「それにわたくしにはまだ、この右目が残っています。日常生活に大きな支障は出ません」

アステルが言うことはどれも事実ではあるが、どうにもズレている。俺は思わずため息を漏らした。

ラディアがアステルに手当てを施(ほどこ)している間、ずっと脳裏にネズロの顔がチラついていた。

何故彼は、あんな風に豹変(ひょうへん)してしまったのか。そして、何故あのとき、大剣を俺たちに叩きつけなかったのか。

不可解なことばかりだ。

「旦那様に連絡を……」

ラディアがそう言って、部屋を出ていく。

少し離れた場所から、心配そうにこちらの様子をうかがっている兄様と姉様と目が合った。そこであることを思い出す。

そういえば俺、行方不明になったんじゃなかったっけ？

夜鴉団の拠点へと連れていかれ、一晩を明かしたのだから、間違いなく行方不明騒ぎになっているはずだ。

家族ぐるみで大騒動が始まっていそうだが、屋敷は静かなばかりか、父様と母様の姿は見当たらない。

アステルの手当てが完了してからしばらく経ったとき、玄関の扉が勢いよく開け放たれた。あまりに強い力で開けられたせいで、壁にぶつかった扉が反動でまた閉じそうになる。

扉の向こうには、取り乱した様子の父様と、今にも泣き出しそうな表情の母様がいた。

「エル、無事か！」

「このとおり、元気です父様」

父様は俺の予想外の姿に面食らったようだったが、すぐに調子を取り戻し、あれこれ質問してきた。

大丈夫か、どこも痛くないか、何があった、などなど。怒涛（どとう）の質問量に全てには答えきれなかったものの、できる限りあったことを説明する。

その説明を聞いて、父様はやっと俺の隣にいるアステルの存在に気が付いたようだった。

アステルについてのことはほとんど説明できていなかったが、ただならぬ様子を察したのか、深く聞かれることはなかった。

父様と母様は、行方不明になった俺を王都へ捜しにいっていたそうだ。衛兵も動き、俺の予想どおりかなりの騒ぎになっていたらしい。

ラディアからの連絡を聞いて、急いで戻ってきたそうだ。

父様はとにかく無事でよかった、と言ったあと、やっと表情を緩めた。

「まだ色々と聞きたいことはあるが、お前も疲れているだろう。まずはゆっくり休みなさい。湯浴みでもしてくるといい」

父様はそう言うと、その場を離れた。ずっと気が気じゃなかっただろうし、父様も疲れているのだろう。

アステルのほうをちらりと覗き見て、今の状況に戸惑っていないかを確認する。

そして玄関を離れ、浴室へと向かう。家に帰ったせいで気が抜けたのか、体が鉛のように重たい。

ただでさえ長い廊下が、ますます長く感じられた。

そのあと、俺の家に泊まることになったアステルは、父様と母様、そしてラディアに呼ばれ、別の部屋で話をしているようだった。

子供はさっさと寝ろということで、俺は話に参加することを許されなかった。

一体何を話しているのかは気になるところだが、俺も今日は疲れているし、おとなしく眠ることにした。

6

翌朝。身支度を済ませ、朝食を食べに食堂へと向かう。

食堂の椅子は普段より一つ多く用意されていて、机に並べられた食器の数も一人分追加されている。

「おはようエル、今朝も早いね」

目を擦りながら現れた兄様が、眠たげな声でそう言った。よく見ると、ボタンを一つ掛け違えている。どうやらかなり寝ぼけながら着替えたらしい。

「兄様ったら、後ろに寝癖がついてるわよ」

続いて現れた姉様が、兄様にそう指摘した。

兄様は慌てた様子で後頭部を撫でつけたが、寝癖は少しも直っていない。

俺たち三人が席に着こうとしたところで、今度は父様と母様がやってきた。しかしアステルの姿が見当たらない。

「あれ、アステルは？」

「昨晩遅くに休まれていたので、まだお眠りになっていると思いますよ」

朝食を運んできたラディアがそう言った。おそらく話が長くなったのだろう。それに、かなり体力を消耗していたはずだ。

心なしか普段より豪華な朝食を食べ終え、食堂を出ると、起き出してきたアステルに出会った。

左目にはガーゼが当てられており、痛々しい印象だ。

ラディアが用意したのだろう、服は昨日とは違う白を基調とした柔らかな印象のワンピースに代わっている。

母様とも姉様とも、ラディアとも身長は離れているはずだが、何故かサイズはぴったりだ。一体どこから出してきたんだ。

「おはようアステル。よく眠れた？」

そう声をかけると、アステルは何故か固まってしまった。

何かを思い出すように視線を泳がせたあと、もう一度俺と目を合わせた。

「その、どなたでしょうか？」

その言葉に、今度は俺が固まる番だった。

またまた姿が変わっていることを失念していた。魔法が便利すぎるのも困りものだ。使っている俺が今どんな状態なのか忘れてしまう。

「僕はエルティード。昨日は魔法で誤魔化してたけど、本当はこの姿なんだ……」

「あら、エルティードだったのですね。その姿も記憶しておきます」

案外あっさりした反応に違和感を覚えるが、説明の手間が省けたのは助かる。いい加減驚かれるのにも飽きてきたところだ。

「昨晩はよく眠れましたよ。泊めていただくどころか服まで貸していただいて、本当にありがとうございます」

「礼ならラディア、うちのメイドに言って。僕は何もしてないから」

「分かりました」

そう言うと、アステルは少しだけ微笑んだ。素が無表情だからか、ふとした表情の動きがよく分かる。

それとなく昨日父様たちと話したことを聞いてみると、アステルは気にする様子もなく教えてくれた。

ネズロのこと、夜鴉団のこと、王都の爆撃のこと、俺を拉致したこと、アステルは包み隠すことなく全てを話したそうだ。

そして、けれどどうかこの件には介入しないでほしい、と。ネズロがああなってしまったのには、何か理由があるはずだと言った。

父様は、介入しないのは難しいが、善処すると答えたそうだ。

説明を終えると、アステルは朝食を摂りに食堂のほうへと歩いていった。

アステルにも事情があったと理解したからか、父様も柔軟な対応を試みているらしい。

とはいえ王都の爆撃計画の件は王宮へ知らせないわけにはいかないし、今頃馬鹿王にも連絡がいっているだろう。

果たして国王であり、国民を守る責務がある彼がどんな対応を取るのか。

俺としてはアステルの『介入しないでほしい』という考えにも共感できる。けれど王都を危険に晒すわけにはいかない。

しかし俺がいくら考えたところで、馬鹿王の判断を待つしかないのだ。

俺は歯痒い気持ちで食堂をあとにし、自室へと戻ることにした。

しかし階段を上がろうとしたところで、当然かのように兄様と姉様がやってきた。二人は何やら落ち着かない様子で俺に話しかけてきた。

「ねぇエル、あの人は誰なの？」

「すっごく綺麗で可愛い人よね。お人形さんみたいだわ」

……俺としたことが、うっかり兄姉への説明を忘れていた。

父様たちは既に事情を理解しているが、この二人には少しも何があったか話していない。今の兄様と姉様からしたら、突然俺が知らない女の子を家に連れ込んできた、とでもいった状況だ。

やましいことは何もないが、今すぐにでも弁明しないと変な誤解を招きそうだ。

でもどこから話すべきか……

俺が考え込んでいる間も、兄様と姉様は興味津々な様子で俺の目を見つめている。

「ええと……その……」

視線に耐えきれなくなったところで、急に二人の視線が俺の後ろへと移った。

つられて俺も振り向くと、そこには先ほど朝食を食べにいったはずのアステルがいた。

「あら、三人とも何をお話ししていたのですか？　とても楽しげな声が聞こえてきましたけれど」

「アステル。朝食はどうしたの？」

兄様と姉様の興味を逸らすべく、アステルへ無理やり話題を振る。

「何やら楽しそうに話していらっしゃるのが聞こえて、先にこちらに来てみたのです。ところで、そちらのお二人は？」

「僕の兄姉だよ。昨日もいたけど、バタバタしてたから紹介できなかった」

うずうずしている姉様を見かねて、自己紹介をするよう促す。

姉さまは目をキラキラさせながら、満面の笑みでアステルの前に出た。

「はじめまして、わたしはセイリンゼ。さっきはあなたがとても綺麗で可愛いって話してたのよ！」

姉様がそう言うと、アステルは目を丸くした。

「綺麗で可愛い、ですか。最近は珍しいことばかり言われますね。おかしな傾向です」

「珍しいですって？　信じられないわ。こんなに綺麗なのに」

姉様はアステルの顔をまじまじと見ながらそう言った。そういえば、姉様は綺麗なもの、可愛いものが大好きだった。それは人にも適応されるようだ。

少し離れたところで縮こまっていた兄様が、やっとこちらへやってきた。アステルと姉様が話している間に、小声で兄様にもさっさと名乗るよう言う。

兄様は突然現れた見知らぬ人物を前に緊張しているようだったが、意を決してアステルのほうへ向かっていった。

「その、僕はルフェンド。僕もあなたのことはすごく綺麗だと思うよ」

兄様の発言に、俺まで驚く羽目になった。

人見知りのくせしてなかなか大胆な発言をするじゃないか。

脳裏に馬鹿王の息子で、俺たちの同級生であるルシアの顔が出てきて、やはり王族の血なのか……と各方面から怒られそうなことを考える。

態度に出すと兄様に怒られそうなので、盛大な拍手を送るのは心の中だけに留めておいた。

「セイリンゼとルフェンドですね。覚えました。改めまして、わたくしはアステル。よろしくお願いしますね」

アステルは笑みを浮かべてそう言った。

その日の午前中は、昨日の出来事が嘘のように穏やかだった。

アステルは初めのうちこそぎこちない様子だったが、徐々に俺たちに打ち解けてくれた。

無邪気に色んなことを聞いたり話したりする兄様と姉様にも、嫌な顔一つせず付き合ってくれていた。

庭に連れ出されたりもしていたが、動きを見る限り片目が見えなくても、日常生活に大きな支障はないようだった。昨日のアステルの言ったとおりだ。

片目を失明したのは悲しいことだが、少し安心した。

楽しい時間はあっという間に過ぎ、ラディアが今日のお茶とお菓子を運んできた頃だった。

俺とアステルは、父様に呼び出された。

どうやら王宮から連絡が来たようで、机の上には連絡用の魔道具が出されている。馬鹿王がどう行動するか、ついに決断したのだろうか。

緊張しながら父様の言葉を聞く。

「王宮へ今回の件を伝えた。介入しないのは無理だが、アステルの意向をできる限り汲むため、大々的に動くことは避けることになった。具体的には、小さな部隊を編成し、夜鴉団及びネズロを捕らえるよう動く」

父様は粛々とそう言った。

「……そう、ですよね。いえ、ここまでわたくしの意見を尊重していただきありがとうございます」

アステルは一瞬だけ悲しげな表情をしたが、すぐに割り切ったようで、普段の顔に戻ってそう言った。

馬鹿王としてもギリギリの決断だったはずだ。

かなり頭を悩ませてのことだったろうし、今度からもうちょっと態度を改めてやってもいいかもしれない。向こうがいけすかない態度を取らなければ、だが。

父様はアステルの様子を確認したあと、言葉を続けた。

「それに伴って、君には部隊に加わってもらうことになる。夜鴉団の内情については君が一番詳しいだろうからな。傷も治っていないというのに申し訳ないが」

その言葉にアステルは頷いた。

俺は父様の言葉の続きを待っていたが、説明が再開される気配はない。

俺はガタッと大げさな音を立てて、椅子から立ち上がった。

「……父様、僕は⁉」

満を持してそう叫ぶと、父様は呆れたような、予想どおりだとでも言いたげな顔をした。

「加わらないに決まっているだろう……と、言いたいところだが」

父様はもったいぶるように、そこで言葉を切った。

うずうずしながらその先を待つ。

父様はたっぷり間を置いてから、もう一度口を開いた。

「エルはネズロを目撃している。私としては気が進まないどころか心底嫌だが、部隊に加わってもらう。というかお前ならなんとしてでも私たちの目をかいくぐって行こうとするだろうし、それなら初めから加わったほうがまだ安全だと考えた。本来ならば子供を使うなんてことは――」

「ありがとうございます、父様！」

また父様のお説教が始まりそうになったので、慌てて言葉を遮った。これは始まったら数十分コースだから、遮ったのも許してほしい。たまにしかやらないから。

父様はますます呆れた顔をしていたが、説教を続けるのはやめてくれたようでホッとする。

「今回だけだからな。くれぐれも気をつけるように。フェルモンドも同行する予定だから、しっかりとお前の監視役を頼んでおいた。無茶をしようものなら全て私まで筒抜けだと思っておくことだ」

「わ、分かりました」

今のところ、もちろん無茶するつもりはない。ただ、無茶しなければならないような状況になったときのことを考えてただけだ。

極力言いつけを守るつもりなのは本当だ。俺も無意味に叱られたくはない。

「私も同行できればよかったんだが……まぁ、そういうわけだから、エルはアステルと一緒に王都へ。王宮へ行けば、あとはフェルモンドがどうにかしてくれるはずだ。くれぐれも、無理はしないように！　分かったな！」

父様は『くれぐれも』の部分に力を入れて、そう念を押した。

アステルと一緒に転移魔法を発動し、王宮の門前へと移動する。

子供の姿では万が一のときに足手まといになるかもと思い、念のため十五歳の姿に魔法で変えておいた。

「王宮に来るなんて初めてです」

アステルがそうぽつりと呟いた。俺たちは当然のように王宮に出入りしているが、言われてみれば一般人は普通来たことがないだろう。

「すみません、遅れました！　エルティード様と、そちらの方がアステルさんですね？」

小走りでやってきたフェルモンド先生にそう確認され、アステルはこくりと頷いた。

フェルモンド先生の後ろには、衛兵らしき人物が二人いる。おそらく俺たち三人とこの衛兵二人で動くことになるのだろう。

「アステルさんの話は聞いています。僕はルナーレ・フェルモンドと言います。今日はよろしくお願いしますね」

フェルモンド先生は普段より砕けた挨拶をすると、小さくお辞儀をした。

「では簡単に説明を。ネズロが王都を襲撃するのは二日後。僕たちの目標は、それまでにネズロを発見し、捕らえること。もし明日までに捕らえられなかった場合は、国が表立って動くことになります。僕としても、そしてアステルさんの意向としても、なんとしてでもそれは避けたい」

フェルモンド先生は言葉を噛み締めるように、ゆっくりとそう言った。アステルが深く頷く。

「ですから、僕たちはできる限りの努力をしましょう。基本的にはアステルさんの助けを得つつ、ネズロ及び夜鴉団が潜んでいそうな場所を手当たり次第探していくことになります」

「潜んでいそうな場所……」

「とは言っても、そう都合よくは思いつきませんよね。しらみつぶしに探していくしかないでしょう」

考え込むアステルに、フェルモンド先生は苦笑しながらそう言った。

「……一つだけ、心当たりがあります。保証はありませんが、行ってみる価値はあるかと」

「それは――」

フェルモンド先生が質問するより前に、アステルがその場所を告げる。

「ネズロ様の研究室です」

◇◇◇

アステルの転移魔法で、王都の外れの裏路地へと移動する。転移先は、多少古びているものの、いたって普通の民家の前だった。

アステルはその家の扉をなんのためらいもなく開け、中へと入っていった。普通の住居にしか見えないが、どうやらここがネズロの研究室らしい。

ためらいながらも、アステルに続いて中へ入る。

しかし予想とは裏腹に、変わったところは見当たらない。実験器具のようなものもなく、普通の家だ。

本当にただの民家なのではと疑いかけたところで、家の奥からバコン！　という大きな音が聞こえた。

まさかネズロがいるのではと身構えるが、フェルモンド先生に止められる。

奥へ向かったフェルモンド先生を慌てて追いかけると、そこにはアステルがいた。

その下にある鉄製の扉は、蝶番（ちょうつがい）が壊れ、完全に機能しなくなっている。よく見ると、厳重に固定されていた鎖も全て破壊されている。

さっきのはこれを取り外した音だったらしい。どう見ても力任せに破壊されている。

アステルがそれをどうやったのかは考えないことにした。きっと魔法だ魔法。あの細腕で怪力とかあり得ないし。バコンって音したけど。

床下収納のような小さい入口の向こうには、どうやら階段が続いているようだ。

アステルは慣れた様子でその階段を下りていった。俺とフェルモンド先生、そして衛兵たちもそれに続く。

壁には等間隔に明かりが取り付けられており、真っ暗な中長い階段を下りるなんていう恐怖体験はせずに済んだ。

ゆらゆらと揺れているそれからは熱さを感じず、どうやら魔道具のようだった。

気まずい沈黙が流れる中、アステルがそれを打ち破った。

「わたくしと出会う前から、ネズロ様はあることについての研究を続けておられました。わたくしも詳しくは聞かされていないのですが、禁忌――人には許されていない領域についての研究です」

「禁忌……」

薄暗くてよく見えないが、フェルモンド先生は複雑な表情を浮かべているようだった。

カツン、カツン、と数人の足音が反響して、緊張感に拍車をかけた。

「これから向かう先は、その研究が行われていた場所です。あそこには実験器具や研究結果以外にも、ネズロ様が大切にしていたものが置かれていました。わたくしが裏切ったと知られている今、この場所に残っている可能性は低いですが、何か手がかりがあるかもしれません」

先頭を歩いているアステルは、振り返らないまま俺たちにそう言った。

アステルの話が終わると、再び足音が聞こえるだけの静かな空間に逆戻りしてしまった。

時々ある踊り場や曲がりくねった通路を経由しながら、辿り着いた先には、古びた重そうな扉があった。

大きさはそこまでではないものの、重厚な作りから物々しい印象を受ける。

その扉には鍵(かぎ)はかけられておらず、また見た目とは裏腹に、アステルが扉を押すとスムーズに開いた。

中は狭くはないものの、沢山の物が置かれているせいで圧迫感がある。

中央には何か魔法陣のようなものが書かれており、それを中心に多種多様な実験器具が散らばっている。ところどころにちびた鉛筆と、走り書きされたメモ用紙も落ちていた。

端のほうには研究にはなんの関係もなさそうな内容の本がまとめて置かれていたりもした。

『コミュニケーション指南』とか、『誰にでも好かれる話し方』とか。ネズロはコミュニケーションが苦手だったのだろうか。

どれも乱雑に置かれてはいるものの、最低限歩くことができるスペースは確保されている。

ほこりは被っていないところからして、つい最近もここを使ったであろうことが分かる。

フェルモンド先生はその間を縫うようにして、奥のほうに落ちていた一枚のメモ用紙を手に取った。

「これは……」

「どうかされましたか？」

別のところを見ていたアステルが、フェルモンド先生へ視線を向けた。

しかしフェルモンド先生はその言葉に答えることなく、食い入るようにメモの文字を見つめている。

かと思うと、フェルモンド先生は、その紙からはまるで興味を失ったかのように床に投げ捨てた。

そして床に落ちている紙切れや、あちこちに置いてある実験器具を一つ一つ観察していく。

フェルモンド先生の異様な様子に、俺とアステルは何も言えずただ立ち尽くしていた。

しばらくの間フェルモンド先生はそうしていたが、ふと思い立ったように動きを止めた。そして何やらぶつぶつと呟いている。

「フェルモンド先生、急にどうしたの？」

集中しているところ悪いが、思いきってそう尋ねた。

フェルモンド先生は顔を上げないまま答える。

「……彼は、ネズロは、既に禁忌を成し遂げていたようです」

ぼそりと呟かれたその言葉の意味がいまいち分からず、首を傾げる。

禁忌を成し遂げていた？

「それはどういうことなのですか？」

俺が聞き返す前に、アステルがそう言った。

フェルモンド先生はアステルに聞かれてなお、何かを考え続けているようだった。

しかし数秒後、フェルモンド先生はやっと顔を上げた。

どうやら考えがまとまったらしい。

「フェルモンド先生、ここには一体何が？」

そう聞くと、フェルモンド先生は今度こそ俺と視線を合わせた。

「禁忌、命の創造についての研究結果がありました。完全な形ではありませんが、それでも限りなく完全に近い理論です。そして彼は、それを既に実行しています」

フェルモンド先生はきっぱりとそう言い切った。

てっきりまだ研究中なのだと思っていたが、まさかもう成功しているなんて。

命の創造、しかも禁忌なんていかにも難しくて危険そうなテーマを成功させるなんて、やはりネズロはフェルモンド先生の言うとおり優秀なのだろう。

あれこれ考え込みそうになったところで、フェルモンド先生がアステルをじっと見ていることに気が付いた。

「アステルさん、ここへ来て何か気が付くことはありませんか」

「気が付くこと？　いえ、何も。場所こそ知っていましたが、わたくしもここへは立ち入りを禁じられていましたので」

フェルモンド先生の唐突な質問に、アステルは不可解そうにそう答えた。

「見覚えもありませんか？」

「一度だけこの場所に来たことがあるのですが、記憶が曖昧(あいまい)で……」

「……失礼、少々お手を」

フェルモンド先生はそう前置きしてから、アステルの手を取った。フェルモンド先生はアステルの手首に自身の手を当てたまま、神妙な顔をしている。

「あの、何か？」

「……」

アステルの手を離すと、フェルモンド先生はまた難しい表情をして黙り込んでしまった。一体何がなんなのか分からず、アステルと二人で顔を見合わせる。

フェルモンド先生は部屋の中央に書かれている魔法陣のところまで行くと、もう一度アステルのほうへ視線を向けた。

「フェルモンド先生、そういえば命の創造の結果って？」

この気まずい空気を散らそうと、さっき引っかかっていたことを質問する。フェルモンド先生は少し迷うような素振りを見せたが、すぐに何かを決断したような顔に変わった。

「アステルさんです」

「……え？」

フェルモンド先生は確かな、はっきりとした発音でそう答えた。

それでも言われた単語が信じられず、聞き間違いかと思い、とっさに聞き返す。フェルモンド先生はゆっくりと一度深呼吸してから、再び口を開いた。

「アステル――あなたはこの術式によって生み出された、人工的な生命体……ホムンクルスです」

フェルモンド先生は瞳でアステルを捉え、迷いなくそう言いきった。

聞きなれない単語ではあったが、フェルモンド先生が何を言っているのかはすぐに理解した。しかしその内容はあまりにも信じられないもので、耳を疑う。

「わたくしが……ホムンクルス？　そう言っているのですか？」

「はい。あなたはネズロの手により生み出された人造生命です。間違いありません」

アステルの声は聞いていて明確に分かるほど震えている。

フェルモンド先生を見ている右目もせわしなく泳いでいた。

「わたくしが、人の手によって作られたものだと？」

「……ええ」

信じられないといった様子のアステルに対して、フェルモンド先生は静かに肯定の言葉を口にした。

「では、わたくしのこの記憶は、今まで生きてきた記憶は、一体なんだというのです……？　ネズロ様に助けていただいて命をつないだ、この記憶は！」

声を荒らげるアステルにも、フェルモンド先生は動じない。冷静な瞳で、動揺しているアステルを見つめ返すだけだ。

「よく思い出してみてください、アステルさん。これまでのあなたの人生を」

フェルモンド先生はなだめるような、しかしどこか悲しげな声色でそう言った。

アステルは何か言いたげな様子だったが、すぐに目を閉じた。フェルモンド先生の言葉に従って、必死でこれまでの記憶をさかのぼっているようだった。

「……わたくしは」

アステルは一瞬目を見開いたが、それはすぐに伏せられてしまう。その声は耳を塞ぎたくなるほどに、不安げに揺れていた。

「わたくしはもう、死んでいる？」

アステルの声は依然として震えていたが、今度は事実を再確認しているような言い方だった。

「そのとおりです。あなたは一度死したあと、ネズロの手によりホムンクルスとして再構成されているようです」

淡々と温度のない言い方で、フェルモンド先生はそう続けた。

二歩、三歩と後ずさりしたアステルは、ずしゃりと地面に崩れ落ちた。

ネズロはもう命の創造という禁忌を成功させていた。その結果がアステルで、そのアステルは既に死亡している。

今のアステルはネズロの手により再構成された人造生命、ホムンクルス。

信じられない事実が、頭の中をぐるぐると渦巻く。言葉の意味は分かっても、その内容が呑み込めなかった。

そして何より、人としてそんなことが許されていいのか。

「そんな……わたくしは、わたくしは……!」

アステルはうわ言のようにそう繰り返していた。長い金髪は乱れ、白いワンピースも汚れてしまっている。

フェルモンド先生は一瞬だけアステルへ憐れむような視線を向けたが、それもすぐに冷静な、悪く言えば温度のないものへと変わった。

俺はどうすべきか分からず、ただその場に立ち尽くす以外の行動を起こせずにいた。フェルモンド先生はアステルから視線を外し、俺へと移した。

「僕たちは先に外へ出ていましょう。しばらく一人にしてあげたほうがいいでしょうから」

フェルモンド先生はそう俺に耳打ちし、先に研究室を出ていった。

少しだけアステルの様子をうかがってから、すぐに俺も続く。衛兵二人も同じように研究室をあとにした。

慣れからか、先ほどより幾分か短く感じた道を進み、一息つく。

少々迷ったが、家の中の椅子を借りて休憩することにした。椅子は二脚しかなかったが、衛兵たちは家の周りを見てくると言って外へと出ていった。気を使ってくれたのだろう。

地下室にいるアステルを除き、家の中には俺とフェルモンド先生二人だけになる。

「……フェルモンド先生、アステルがホムンクルスって、一体どういうことなんですか？」

覚悟を決めてそう尋ねると、フェルモンド先生は眉を下げて困ったような顔をした。言葉を選びながらなのか、普段よりたどたどしく話し出す。

「僕もメモを見ただけなので、詳しくは分からないのです。ただ、あそこにあったのは、間違いなく生命を創造するための術式でした。そして、既に死んでいるはずのアステルさんは生きている。それだけが事実です」

フェルモンド先生の声にはやっぱり温度がなく、わざと感情を殺しているようにも感じた。

家の外を誰かが通ったのか、数人の話し声と足音が聞こえてきた。

対照的に、俺たちの間には静寂だけが流れる。

『それだけが事実』という事務的な言い方が、かえってアステルがホムンクルスであるという事実を強調しているように聞こえて、なんとも言えない気分になる。

「……どうして、アステルが既に生きていないと分かったんですか？」

「簡単な話ですよ。彼女には脈がありませんでした」

そう言われ、フェルモンド先生の妙な行動を思い出した。

そういえば、急にアステルの手を取って脈をはかっていたような。あの妙な行動は、そういうことだったのか、と合点がいった。

「僕も詳しい仕組みは分かりませんが、どうやらアステルさんの通常の人間としての生命活動は機能していないようです。ホムンクルスの術式から見て、術者の魔力を動力源としているのかもしれませんね」

フェルモンド先生は引き続き冷たく、淡々とそう説明した。

脈がない……すなわち心臓が動いていない。人間としての生命活動が停止している。

その事実によって、ますますアステルがかけ離れている存在のように感じる。

それと同時に、そんな風に感じてしまう自分が嫌になる。アステルが人間であれホムンクルスであれ、アステルがアステルであることに違いはないのに。

「どうしてネズロは、アステルをホムンクルスなんかに……」

「それは僕にも分かりません。彼は人間を実験動物のように扱う人ではない。そう思いたかった。けれど、それももう難しいでしょう。ネズロはもう、昔の彼ではない」

そう言ったフェルモンド先生の声は震えていて、先ほどまではわざと感情を押し殺していたのだと確信する。

昔の親友がこんなことをしているなんて、フェルモンド先生はどう感じていることか。どうしたって俺には計り知れないが、辛いことだけは理解できる。

慰め(なぐさ)の言葉をかけるべきか迷っていると、俺が口を開くより先に、フェルモンド先生が顔を上げた。

「さあ、そろそろアステルさんの様子を見にいきましょうか。あまり長い間一人にしても心配ですし」

フェルモンド先生は、いつもどおりの優しい笑顔を浮かべてそう言った。

「……無理しないでね」

俺がそう言うと、フェルモンド先生はまた困ったように笑った。

◇◇◇

「……アステル、大丈夫？」

地下室への長い階段を下り終え、ノックをしてから、扉を開けずにそう呼びかける。

返事はなく、わずかな物音が聞こえただけだった。数秒待ってから、緩やかな速度で扉を押し開けた。

アステルは俺たちが地下室を離れたときの体勢のまま、脱力した状態で壁にもたれていた。あまりの生気のなさに心配になるほど、その姿は憔悴しきっていた。

もう一度扉の前で言ったものと同じセリフを言うと、虚ろな瞳がゆらりと揺れ、次にこちらへ向けられた。

「エルティード。いつの間に戻ってきたのですか」

そう言ったアステルの言葉は明瞭に発音されており、少し安心する。

「ついさっきだよ。もう落ち着いた？」

「はい、ある程度は。わたくしとしたことが、とんだご迷惑をおかけいたしました」

アステルはそうは言ったが、無理しているのがまる分かりだ。目には光が戻っていないし、活力がない。

アステルはもう休ませたほうがいいだろう。本人もそれを分かっているのか、あっさりと了承してくれた。

無防備な場所で休ませるわけにもいかないので、ひとまず事情を知っている我が家、アドストラム家に送り届けることにした。

転移魔法で家へと移動し、ラディアに簡単な説明をしたあと、アステルを預けてもとの場所へと戻る。

戻った先では、フェルモンド先生が何やら辺りの紙の山を漁っているようだった。また気になることでもあったらしい。

俺もヒントになるものがないか、別の場所を探そうとしたところで、飛んできた何かが頭にぶつかった。

「いてて……計画書？」

飛んできたものは分厚い紙束だった。床に落ちたそれを拾い上げる。表紙には乱雑な字で『計画書』と書かれている。

「ごめんなさいエルティード様！　当てるつもりはなかったのです」

フェルモンド先生は慌てて俺に駆け寄ってくると、そう謝罪した。

どうやら次から次へと中身を確認しては放り投げているうちに、これが俺のほうに飛んできてしまったようだ。

「この計画書もネズロの書いたものなんですか？」

「ええ、この筆跡（ひっせき）は間違いなくネズロのものです。内容も確認したのですが、どうやらこれは王都爆破の計画書のようです。ネズロが几帳面な性格で助かりました」

フェルモンド先生の解説を聞きながら、数十ページにわたるそれを、パラパラと流し読みしてみる。

中に書かれているのは小難しいことのみで、俺にはその中から必要な情報を抜き出すことはできそうにない。

しかしその計画書の中に、唯一俺にもなんなのか分かるページがあった。王都の簡単な地図に、星の記号がつけられている。

その下にはまたあれこれ難しい言葉が羅列されていたが、地図上の星マークが爆発に関係ある場所だということは、俺にもすぐに分かった。

無防備に置かれているが、あの紙束の山では、置いた本人ぐらいしか場所を探し当てることはできないだろう。そう考えれば逆に隠すのにいいのかもしれない。

これ以上読んでも理解はできそうになかったので、ひとまず読むのは切り上げた。

「この計画書はかなり初期段階のもののようですが、それでも大きなヒントになります。それと、気がかりなことが。このページの……」

フェルモンド先生は俺の手元の計画書を覗き込むと、あるページの一部を指し示した。

そのページには、魔力増強剤にまつわるアレコレが所狭しと書き込まれていた。どうやらネズロはこれを使い、自身の魔法で王都を破壊するつもりのようだ。

「魔力増強剤……」

「過去のネズロの研究テーマだったものです。研究所を去ってからも、独自に研究を続けていたのでしょう」

フェルモンド先生はそっと目を伏せてそう言った。

「薬で無理やり魔力を増強すると、体には多大な負荷がかかります。他にも実用上の問題がいくつかありました。今の彼の異様な強さの秘密はここにあるのかもしれません。彼かどこまで研究を進めたのかは分かりませんが、それでも大きな副作用は避けられないでしょう」

その言葉からは、フェルモンド先生がネズロのことを慮（おもんぱか）っていることがひしひしと伝わってきた。

フェルモンド先生やアステルの発言からして、きっとあのネズロは本来の彼ではないのだろう。そんな状態で、本意ではないかもしれない復讐（ふくしゅう）のために自らを傷つけるだなんて……あってはならないことだ。

以前のネズロを知らない俺にとって、今のネズロはただの悪人にしか映らない。

けれど、フェルモンド先生やアステルのこんな顔を見て、黙っていられるわけがなかった。

「……一刻も早く、ネズロを見つけなきゃ」

その呟きはフェルモンド先生にも聞こえていたようで、控えめに頷かれる。その目には固い意志が感じられる。

もう一度計画書に視線を落とし、先ほどの地図が載っていたページを開く。その地図の中心辺りには、依然として目立つ星マークがつけられている。

「フェルモンド先生」

「はい、すぐにこの場所へ向かいましょう」

俺が全て言いきるのを待たず、フェルモンド先生はそう言った。

フェルモンド先生は、豪快にも地図の載っているページだけを計画書から破り取ると、丁寧に畳んでポケットに押し込んだ。

地図は王都の東側——商人など、貴族ではないが裕福な人々の屋敷が固まっている辺りのものだった。

フェルモンド先生は他にもいくつかページを切り取り、出発の準備も整ったようだ。

流石にネズロ本人が地図の場所にいるなんて都合のいい展開にはならないだろうが、この研究所よりもさらに大きな手がかりがあることを祈る。

地図の場所はここ裏通りとは反対の方角にあり、少し移動に時間がかかった。

豪華で巨大な屋敷が並んでいる様を、あっけに取られて見上げる。

この辺りには初めて来たが、どれも立派な建物ばかりで、まるで自分が小人にでもなったような気分だ。

どの屋敷もごてごてと装飾が施されているものの、王宮の洗練された装飾には敵わない。俺の目が肥えすぎているのかもしれないが。

建物を見上げている俺の横で、フェルモンド先生が地図を取り出す。慌てて見上げるのをやめ、フェルモンド先生が持っている地図のほうへと目線を移した。

「えっと、今いるのがここだから……」

「この星の記号の場所は、ここから少し北に行ったところですね」

俺を見かねて、フェルモンド先生がそう言った。仕方ないだろ、この世界の地図は線だらけで見づらいんだ！

フェルモンド先生の案内のもと、地図上の星マーク付近を目指して歩く。

屋敷やら庭やらが入り組んだ作りになっているせいで、途中で迷いかけたり、使用人らしき人に不審な目で見られたりした。

でも王都の一大事に関わっているのだから許してほしい。

またしばらく徒歩で移動し、星マークの場所へと辿り着いた。

立派な建物の多い中、目の前の建物は古くこぢんまりとした作りをしており、周りの屋敷のきらびやかさも相まって、少々みすぼらしく見えた。

フェルモンド先生が呆然と立ち尽くしているのに気が付いて、ふと足を止める。

「フェルモンド先生？　どうかしたんですか？」

「この屋敷は、ネズロが大きな業績を上げたとき、陛下から下賜されたものです。未だ宿を転々としていた彼に、小さくともせめて屋敷を、と陛下が」

フェルモンド先生は過去を懐かしむように、どこか遠くを見ているような目をしてそう言った。

けれど状況が状況なため、その表情には悲しみが滲(にじ)んでいた。

「今は昔を懐かしんでいる場合じゃありませんでしたね。ネズロには悪いですが、不法侵入と洒落込(しゃれこ)みましょうか」

不法侵入に対して使うようなものではない言葉に、思わず笑いが零れる。

しんみりとしていた空気が和んだような気がした。

こういうことをされると、いつもあたふたしているフェルモンド先生も、しっかりした大人なんだなと思う。

フェルモンド先生は一度扉を引いて鍵が閉まっていることを確認すると、おもむろに宮廷学者の証であるブローチを取り外した。

そしてその針を鍵穴に突っ込んだ。ピッキングだ。

縄抜けと同じく、何故か習得していたらしいフェルモンド先生の鍵開け技術により、窓を割って不法侵入、なんてことはせずに済んだ。

ただでさえ悪いことをしているのに、物まで壊すのは気が引けるし。

屋敷の中からは全体的に古びたような、埃臭(ほこりくさ)いようなカビ臭いような、なんとも言えない臭いがして、長らく使われていないことが分かる。

先ほどの民家と同じく、一見おかしなところは見当たらない。

手前の部屋もいくつか見てみたが、その全てが普通の屋敷と同じだった。しいて言えば、家具が少ないかもしれないが。

フェルモンド先生はまだ見ていない一番奥の部屋へ、廊下を進んでいった。

扉を開くと、カビ臭いのとはまた違った、何やら独特で嗅ぎなれない匂いが漂ってきた。悪臭ではないもののとても強い匂いで、長時間嗅いでいると頭痛がしてきそうだ。

「どうやら、ネズロはここに魔力増強剤の材料を保管していたようです」

部屋の中から、フェルモンド先生のそんな声が聞こえた。そしてガサガサとものを漁っているような音も聞こえてくる。

どうやらこの匂いは、材料——おそらく薬草か何かから発せられているものなのだろう。よく思い出せば、ポーション作りに使う薬草とも似た香りをしている。

「フェルモンド先生はこの匂いが平気なんですか？」

「一時期研究に使っていたので、慣れているんです」

部屋に近付くとまた匂いが強まって、顔をしかめた。

それでもなんとか部屋の中を覗いてみると、天井からつるされている大量の薬草、そして壁一面に並べられた、液体や粉末が入った小瓶が見えた。

どうりでこんなにキツい匂いがするわけだ。

頭が痛くなりそうだったので、フェルモンド先生が部屋の中を調べている間、俺は別の場所で待つことにした。

◇　◇　◇

体感では数分が経った頃、ポンと軽く肩を叩かれる。

「フェルモンド先生、どうかした――って、ラック⁉」

別の場所を探しているフェルモンド先生だと思って振り返った先には、人好きのする、少しだけやんちゃそうな笑みを浮かべた、見覚えのある青年がいた。

少しの間話しただけだが、その笑顔はしっかりと覚えている。

「どうして、というかどうやってここを……」

この屋敷は長い間使われていなかったようだし、夜鴉団の幹部、たとえアステルであったとしても知らないはずだ。

それを何故ラックが知っているのだろう。

アステルに協力していると見せかけておいて、まさかネズロ側なのか――そう思って警戒を強める。

「どうやってって、お前たちのあとをつけてきただけだよ」

ラックは呆れたような声色でそう言った。その言葉を聞いて安心する。

昨日は俺の家へと転移したから、おそらく今日王宮を出た辺りからあとをつけられていたのだろう。

「ところで、アステルが見当たらないけど……一体どこへ？」

ラックは笑顔を張り付けたままそう言ったが、怒っているのがひしひしと伝わる。

「お、落ち着いてラック！　アステルは……」

そこまで言ったところで、どう伝えるべきか迷って言葉が切れる。流石にあそこで起こったことをありのままに伝えるわけにはいかない。

ラックの鋭い視線を全身に受けながら、なんとか続きの言葉を口に出す。

「ちょっと疲れたみたいだから、安全な場所で休憩させてるだけだよ」

「なんだその間は」

「本当に何もしてないって！　なんなら転移させるから、確認してよ！」

俺が弁解しても、依然として鋭いままの視線に耐えかねてそう言うと、ラックは小さくため息を吐いた。

「まぁ、いいか。あのアステルが信用してる上、嘘を吐くようにも見えないしな」

疑いはひとまず晴れたようで、胸を撫で下ろす。

まさかラックがここまでの圧を発してくるとは予想していなかった。よっぽどアステルのことが大切らしい。

それ以上何かしてくる気配もなかったため、家の中の捜索を再開する。しかしそれでも立ち去る気配のないラックが気になって、一旦手を止めた。

俺が後ろを振り返ると、ラックは口を開いた。

「ネズロの居場所を知ってる、って言ったらどうする？」

ラックは落ち着いた声色でそう言った。

「……もちろん、教えてほしいと思うけど」

ラックの意図が全く読めない。

ひとまずそう返事はしたものの、これが正解であるのかも分からない。

一体何故、ラックがネズロの居場所を知っているのか。そしてわざわざ質問してきたのはどういう意味があるのか。

「分かった」

ラックは床に視線を落とすと、聞き取るのも難しいほどの小声で呟いた。

「じゃあ俺についてこい。ただし、アステルも連れてだ。そしてアステルを絶対に守ると誓え」

「待って、アステルは今——」

「これは必要なことなんだ」

俺の言葉を遮ってそう言いきられ、何も言えなくなる。

ラックの面持ちは、まるで今から戦場にでも赴(おもむ)く軍人かのような真剣さだった。

今の状態のアステルを連れていくのは気が引けたが、ラックにも何か事情があるに違いない。

転移魔法を発動し、ラックとともに自宅へと転移する。予想どおり、アステルは昨日泊まっていた部屋にいた。

「アステル、休憩中悪いけど呼び出しだ」

そう言うと、アステルは一瞬不可解そうな顔をしたが、俺の後ろに立っているラックの姿を捉えて目を見開いた。

「ごめんアステル、これからすることにはどうしても君が必要なんだ」

「ラック、一体何が起こっているのですか？」

「ネズロが正気を失っているのは、アステルも知ってるだろ？　君なら、それをもとに戻せるかもしれないんだ」

ラックがそう言うと、アステルの眉がぴくりと動いた。

「こう言ったら、優しいアステルは断れないのは分かってる。卑怯(ひきょう)だって罵(ののし)ってくれていい」

「いえ、そんなことはしません。だって、ネズロ様を助けたいのはわたくし自身の意志ですから。すぐに仕度します、一分後に出発しましょう」

アステルはそう言うと、近くにあった上着を引っ掴み、乱暴に羽織った。

ラックはそんなアステルの様子を静かに見ていた。

アステルの支度は一分どころか十秒で終わった。屋敷で薬草を漁っていたフェルモンド先生も回収する。

「ラックはどうやってネズロの居場所を知ったんだ？」

「人よりちょっとあとをつけるのが得意なだけだ」

そういえば、俺たちもあとをつけられていたというのに、全く気が付かなかった。人よりは気配に敏感なはずなんだけど。

緊張感からか、それとも信じ切れない気持ちからか、心なしか皆口数が少ない。

そして、どうやら場所は相当近いらしい。

大通りを進み、入り組んだ路地を通り抜け、ときには茂みを通り……辿り着いた先はごく普通の林だった。

位置的にはちょうど王宮から少し北へ進んだ辺りだろうか。崖になっているそこからは、王都中の様子がよく見える。

フェルモンド先生によると、ここは幼い頃ネズロと一緒に時々訪れていた場所だそうだった。

「あれ、ネズロはどこに……」

「しっ、隠れて」

ラックの鋭い声に、四人揃って慌てて茂みに隠れる。少しだけ顔を出して覗いてみると、そこには確かにネズロがいた。

ネズロは見晴らしのいい崖っぷちぎりぎりのところまで進むと、そこに腰かけた。

「……」

ネズロは何も言うことなく、ただ眼下にある王都を眺めていた。

どうやら俺たちには気が付いていないようだ。今がチャンスだと思い短剣を取り出すが、ラックに制止される。

「まだだ。もう少し待て」

ラックに小声でそう言われ、ひとまず短剣を引っ込める。

ネズロは依然として王都の町を眺めているだけで、特におかしな点は見当たらない。そろそろ焦れったくなってきて、ラックに理由を聞こうと思ったときだった。

「あれは……」

ネズロの背後に、黒いもやのようなものが現れたのだ。それは重苦しい気配を発している。

「なんなんだ、あれは……！」

　思わず言葉が漏れる。

「あれがネズロがおかしくなっている原因さ」

　ラックは異常な事態にも動じず、そう言った。

「神の領域に手を出した人間は、必ず報(むく)いを受ける。その成れの果てが今のネズロなんだ。魔力増強剤の効果もあるが、今のネズロの人間離れした強さは、あのもやが原因だ」

「ラック、一体お前はどこまで知って……」

「あまり大声を出すんじゃない。気付かれるだろ。話はあとだ」

　なだめるようにそう言われ、俺は慌てて口を噤(つぐ)む。

「ネズロをもとに戻す方法が一つだけある。今のネズロは本来のあいつじゃない。でももとのあいつが完全に消えたわけじゃないんだ。単純な話さ、どうにかして本来のあいつの心を呼び覚ませばいい」

「具体的にどうしろと」

　俺はラックに尋ねる。

「昔の記憶と本来の自分っていうのは深く結びついてるもんなんだ。だからあいつと関わりの深かった人物を寄せ集めて片っ端から説得にかかる。要は力技だな。だからアステルが必要だって言ったんだ。それと、そこの学者先生も」

「僕とネズロのことを知っているのですか？」

「ちょっと聞いただけだけどな」

ラックはそう言って話を続ける。

「いいか、これは相当危険な賭けだ。実際にうまくいくかは別だ。禁忌の代償に巻き込まれ、全滅する危険だってある。それでもやる覚悟はあるか、二人とも」

ラックは真剣な面持ちで、アステルとフェルモンド先生にそう問いかける。

「……ええ。覚悟などとうにできておりますとも。絶対にネズロ様を救い出してみせましょう」

「僕も……僕も、危険など承知の上です。あんなネズロの姿、もう見たくない」

二人は覚悟を決めたのか、表情を引き締めてそう言った。

「その言葉を聞いて安心したよ。それからエルティード、お前には、ネズロから二人を守ってもらいたい。できるか？」

ラックの言葉に俺も頷く。

「じゃあ頼んだ、頼りにしてるぜ。ちなみに俺は戦力にならないからそこんとこよろしく」

ラックはわざとらしくそう言って笑った。

あのネズロ相手に、アステル、フェルモンド先生、ラックを守り通せるかは定かではない。けれど、どうあっても守り通してやる、という気持ちだけは本物だ。

……俺はネズロと出会ってから間もないし、昔の彼のことも人の話でしか知らない。けれど、アステルやフェルモンド先生の大切な人ならば、俺もできる限り力になりたい。

茂みごしに、背後に黒いもやを纏ったネズロの姿が見えている。彼の表情はここからは確認できないが、なんだか苦しげに見えた。

「……よし、全員いいな。行くぞ」

ラックはネズロの姿を見据えて、そう言った。

短剣を鞘から抜き、身体強化魔法をかけておく。

ネズロは俺たちの姿を見るなりすぐに斬りかかってくるかもしれない。けれど、少しでも多く対話できる隙を作り出さなければ。

ラックが先陣を切って茂みから這い出る。ネズロはその物音でラックの存在に気が付いたのか、ゆっくりと気だるげな様子で振り返った。

「……どうしてここが分かった？」

ネズロは意外にも冷静にそう答える。ラックは一歩、二歩と踏み出し、さらにネズロとの距離を詰める。

「あとをつけさせてもらった。それに昔っからよく来てたろ、ここ。王都全体を見晴らせるのが気分がいいって言ってさ」

ラックの言葉を聞いても、ネズロは黙ったままで何も言わない。

今まで聞いた話ではネズロとラックの関係性は読み取れなかったが、どうやら二人も旧知の中であるようだった。

「今更何をしにきたんだ」

「お前を救い出しにきた。その禁忌の代償から」

「救い出しに？」

ネズロはラックと目を合わせることなく、眼下の町並みを見据えたままそう言った。

「……お前ら、一体何を企んでる。そこに隠れてるアステルとフェルモンドもだ」

タイミングを計りあぐねていたアステルとフェルモンド先生だったが、そのネズロの言葉を聞き、警戒しながらも彼の前に姿を現す。

「ネズロ様、あなたをもとのお姿に戻しにきたのです」

「もとに戻す？　オレはずっとオレだ、そこになんの違いもありゃしねぇ」

ネズロはそう言って鼻で笑った。

アステルの表情が曇る。

「アステル、どうして最近のお前はそう反抗的なんだよ。昔はもっと素直で可愛かったのに。拾ってやった恩を忘れたか？」

「ッ……！　ネズロ様、あなたはそんなことを言うような方ではなかったでしょう！」

アステルが言う。

アステルを庇うように、今度はフェルモンド先生が前に出る。

「ネズロ、僕の知らない間、あなたに何があったのかは知りません。けれど今のあなたは正常ではない。もとの自分を思い出してください。僕が言えたことではありませんが……あなたは心優しく聡明で……決して復讐を考えたり、心ない言葉を投げかけるような人ではなかった」

「……どいつもこいつもうるせぇなぁ」

空気がピリついたのが分かった。
ズ、と空中から重々しい大剣が取り出される。それと同時に俺も茂みから飛び出て、三人とネズロとの間に立ちはだかった。
「ネズロ……」

誰のものともつかない、彼の名前を呼ぶ声が聞こえた。

「オレの邪魔をすんじゃねぇ、耳障りなんだよ」

けれどネズロには誰の言葉も届かない。ただ俺たち、そして王国への敵意を剥き出しにするばかりだ。

「紫雷よ迸れ。《雷閃》」

バチバチバチッ、とけたたましい音を上げながら、ネズロの周りに紫色の稲妻が浮かびあがる。

そう思ったのも束の間、稲妻はすさまじい勢いで空気を伝い、一直線に俺たちのもとへと迫りくる。

「《結界》！」

間一髪のところで結界を張り、なんとか稲妻をはじき返す。あと少しでも詠唱が遅れていれば、直撃は免れなかっただろう。

背筋にひんやりとした感覚が広がる。

風変わりな詠唱に、初めて聞く魔法。おまけにすさまじい威力ときた。あれがもし全力でないならば、次は結界などでは防ぎきれないかもしれない。

敵意を明らかにしたネズロに、アステルは紫色の瞳を露わにし、フェルモンド先生は剣を抜く。

彼らの日に諦めの色は見えない。

「ネズロ様！　どうかわたくしたちの話を聞いてください！」

アステルがそう叫んでも、ネズロは攻撃の手を緩めない。

空気を切り裂くような音を立て、アステルへと紫雷が飛びかかる。

けれどそれは直撃することはなく、アステルにぶつかる瞬間に何かに阻まれているかのように方向を変えた。

アステルは詠唱をしていない。よって、この現象は彼女の結界や空間魔法によるものではない。ネズロ自身によるものだ。

アステルは横をすり抜けてゆく無数の閃光にも物怖じせずに、ただ稲妻の中を一歩ずつ進んでゆく。そして彼女はついに、ネズロの目の前に立った。

「……ネズロ様の、バカッ!!」

パシン、と乾いた音が響く。

決して大きな音ではなかったがはっきり聞こえたそれは、アステルがネズロの頬をひっ叩いたものだった。

ネズロの見開かれた目は、しっかりとアステルを捉えていた。

「わたくしたちがどんな思いで、どれだけの思いでここにいるのか……少しは考えてみたらどうなのですか！」

アステルは今にも泣き出しそうな声でそう言った。

ネズロは頬を抑えたまま硬直している。それは俺も同じで、アステルの予想外の行動に動くことができない。

ネズロは頬から手を離すと、その手を見た。そして今度はアステルの目を見る。反対の手に握られていた大剣が地面に落ちる。

「アステル……」

そう言ったネズロの目には、確かに光が戻っていた。

アステルの名を呼ぶ声にも、先ほどまでの刺々しさは少しも感じられない。

やっとアステルたちの言葉が、ネズロに届いたんだ。

そう思ったのも束の間。

「……まずい!!」

背後のラックがそう叫ぶ。

ネズロの後ろに立ち込めていたもやが、ゆらりとうごめく。

かと思うと、急激に質量を増していく。

ネズロのすぐそばに立っていたアステルが、声を上げる間もなく呑み込まれたのが見えた。

「アステルっ!!」

そう叫んで手を伸ばすも、ときは既に遅い。

黒いもやはさらに勢いを増し、あっという間に俺たちをも包み込む。

周囲の景色が黒で塗りつぶされていく。抜け出そうともがくことも、助けを求めることもできない。

俺たちはなんの抵抗もできないまま黒いもや——禁忌の代償へと、呑み込まれてしまった。

◇　◇　◇

気付けばアステルも、フェルモンド先生も、ラックもいなくなっていた。

「そんな……！」

三人を探しつつも、失敗してしまったのか、と考える。

この黒いもやが禁忌の代償ならば、それに呑み込まれたということは、最悪のケースになってしまったかもしれない。

最初は薄暗いだけだった周囲はどんどん真っ暗になり、ついには自分の手すら見えるかどうか怪しいぐらいの暗さになった。夜よりもずっと暗い、暗黒だ。

何が起こるか分からない中、警戒を強めていると、ふと物音が聞こえてきた。短剣を握りしめる手に力を込める。

「――は」

誰かの弱々しい、吐息のような声が聞こえて動きを止める。

「オレは――どうして――」

「ネズロ……？」

聞こえてくる声は、確かにネズロのものだった。けれども先ほどまでとはまるで雰囲気が違う。ひどく弱々しく、覇気も感じられない。

「こんなこと、望んでいないのに……！」

ネズロの声は苦しげにそう言った。

望んでいない。その発言で、これが本来のネズロの心なのだと確信する。

やっぱり、本当のネズロは、王都の破壊なんて、アステルやフェルモンド先生たちと戦うことなんて、望んでいなかったんだ。

声はあちこちに反響していて、どこから聞こえてきているのかは分からない。それでも俺は、なんとなく歩き出した。真っ暗な中、歩みを進めていると、次第に辺りの景色が移り変わっていった。

まるで何かの映像を見せられているかのようだ。

7

最初の場所は、どこかの屋敷のようだった。作りや置かれているものからして、身分の高い人物の屋敷のようだ。

ぱたぱたと元気な足音が聞こえてきたかと思うと、突然子供が姿を現した。黒髪に、どこかで見たことがあるような顔立ちをしている。

「ルナーレ、遊ぼうぜ！」

話しかけられたのかと思い体を強張(こわば)らせると、俺の後ろ辺りから紺色の髪をした、賢そうな子供が現れた。

ルナーレ……これまた聞き覚えがある呼び名に数秒考えて、フェルモンド先生の名前であったことを思い出す。

ならば、この子はフェルモンド先生で、この黒髪の子供はネズロなのか、と合点がいった。

場面は目まぐるしく移り変わり、今度は一回り大きくなったネズロが現れた。

ちょうど中学生ぐらいだろうか。

ネズロは心なしか悲しそうな表情で、物影に隠れどこかを眺めていた。その視線の先には、王立学園の制服を着た幼いフェルモンド先生がいた。

それを見て、フェルモンド先生が話してくれた、ネズロとのことを思い出す。

確か、フェルモンド先生が学園に入学する前に、ネズロとは離れ離れにされてしまったんだったか。それならば、ネズロが一方的にフェルモンド先生のほうを見ているのも納得できる。

ネズロはフェルモンド先生から視線を背けると、暗い表情をした。

また時は進み、もう一回り成長したネズロと、フェルモンド先生が現れた。

二人の胸には宮廷学者のブローチが輝いているだけでなく、どちらも心底嬉しそうな表情をしている。きっと再会したときの場面だろう。

けれどこのあとのことを考えると胸が痛んだ。

映像はそこで一旦途切れ、また周囲が暗黒に染まる。

そこで、はっと意識が現実に戻ってくる。まるで夢でも見せられているかのようだった。

ネズロはあのあと、身分差別のせいで、宮廷を去ることになる。

過去にひどい差別が蔓延っていた時代があったと思うと、複雑な気分になる。

今だって俺が貴族だから気が付かないだけで、実態はほとんど変わっていないのかもしれない。

なんだか暗い気持ちになってしまって、ため息を吐いた。

最初のうちは貴族に生まれてラッキー！　だとか思っていたけど、こういう事情を知ってしまうとそうも思えなくなる。

俯きつつも一人トボトボと歩いていると、また辺りの景色が変わり始めた。

今度の景色は暗い、雨の日の俺の知らない町だった。

薄汚れた石畳に、蔦が絡んだ手入れされていない建物。道の端に積み上げられたゴミやガラクタ。

一目でそこが裏通りであることが分かった。

そんな中、今とほとんど変わらない姿になったネズロは浮かない表情で道を歩いていた。傘も差していないため、全身濡れて、髪からは水が滴っている。

視点が切り替わり、道の端で倒れていた少女が映し出された。

少女の頬はこけており、満足に食べられていないことがすぐに分かった。服もぼろ布のようなものを纏っているだけで、せっかくの長い髪も薄汚れてしまっている。

「……そこの、お方。どうか、食べ物をくださいませんか」

声を聞いて俺は驚いた。少女が発した声は、間違いなくアステルのものだった。

今とはかけ離れた姿だったせいで気が付かなかったが、よく見ると顔立ちや髪色はアステルと同じだ。

ネズロは一瞬無視して通り過ぎようとしたが、何か思うところがあったのか、足を止めた。そして泥まみれの地面に膝をつき、アステルと目線を合わせた。

「悪いな、今は何も持ってないんだ」

「そう、ですか……」

「……ちょっと待ってな。急いで何か買ってきてやるから」

ネズロがそう言うと、アステルは目を見開いた。

予想外の言動だったのだろう。

ネズロは自身が着ていた上着をアステルにかけると、雨の中走り去っていった。

表通りに出ていた屋台は雨で閉まりかけていたが、閉まる寸前で串焼きを買うことができた。そのときネズロが出した財布には、ほとんどお金が入っていなかった。

ネズロは急いで先ほどの場所へと駆け戻った。

アステルは目を完全に閉じていて、眠っているようだった。ネズロは軽くアステルの肩を叩く。

けれど、アステルが目を開けることはなかった。

呼びかけても、揺さぶっても同じだった。

ネズロは呼びかけるのをやめ、アステルの手首を取った。

「まだ、脈はある」

それからの景色の移り変わりようは本当に目まぐるしくて、酔ってしまいそうだった。

ネズロはアステルを上着ごと抱え込むと、雨の町中を必死に走っていく。

周囲の景色はいつしか町から田舎道、そして森に切り替わり、ネズロは雨でぬかるんだ舗装もされていない道を懸命に駆けていく。

泥が跳ねてズボンの裾が汚れていたが、それを気にする様子は少しもない。

しばらくの間走り続けて着いた先は、森の中にポツンと佇む古びたボロボロの小屋だった。

茅葺きの屋根は雨に濡れてくすんで見えるし、土の壁もデコボコしていてみすぼらしい。

何度も修理を繰り返したのか、あちこちに板を打ち付けたあとや雑に隙間を埋めたあとがあって、つぎはぎだらけだ。

極めつけに外壁にはこれでもかというほど蔦が絡んでいて、その小屋に怪しげな雰囲気を纏わせていた。

開くのかも疑わしいぐらい古びた扉を、ネズロは躊躇なく叩いた。

中から返事はない。

ネズロはアステルを抱えたままじっと待つ。

しばらくすると内側からゆっくりと扉が開けられ、顔に深い皺を刻んだ、丸眼鏡をかけた老婆が現れた。

レンズ越しに見える老婆の目は優しげに細められていて、目じりには普通の皺に混ざって、笑い皺らしきものがあった。

老婆はネズロとその腕の中のアステルを見ると、ゆっくりと驚いた表情を浮かべた。

「先生。頼む、この子を助けてくれ」

ネズロは切羽詰まった声でそう言った。

先生と呼ばれた老婆は、緩慢な動作でネズロを家の中へと招き入れた。

また場面が切り替わる。

場所は先ほどの小屋と同じだが、ネズロの前には青年がいた。

俺の角度からだとちょうど手前にネズロが被る形になり、青年の顔を見ることはできない。

「それで、何があったんだ？」

青年は明るい印象のよく通る声でそう言うと、ネズロの前に古ぼけて装飾のはげかけたカップを置いた。

中に入っているものは透明で、ただの白湯（さゆ）のようだ。室内の様子から見て、お茶を出すような余裕すらないのかもしれない。

アステルと老婆の姿はここにはない。

ガタガタと鳴る不安定な椅子に腰かけていたネズロは、青年の動作をじっと見ていた。

ネズロはカップを長い指にひっかけて、口元に運ぶ。

しかし一口飲むと、すぐに机の上へと戻してしまった。

そしてため息を吐く。

「話すほどのことじゃない。道端に落ちてたのを拾っただけだ」

「そんな犬猫でも拾うみたいに……そうやってすぐ悪ぶるくせ、やめたほうがいいと思うぜ。ちっとも悪そうに見えないし」

そう言われると、ネズロは舌打ちをしてそっぽを向いた。

青年は苦笑しながら自分の前にもカップを置く。それにもやっぱり色はついていなくて、ただの白湯だった。

もうもうと湯気を上げているそれに、青年は息を吹きかけて冷ましながら飲んでいる。猫舌なのかもしれない。

「……ところで、あの子は大丈夫なのか」

「先生に任せれば大丈夫だろ。低体温症が心配だが、それ以外は栄養失調だけに見えるし。だからそんな顔するなよ」

青年が顔を上げて、心配しているネズロのほうを見る。

そこで驚いた。青年はラックだったのだ。

しかし今とは随分雰囲気が違う。

服はみすぼらしいもので、髪もボサボサに伸びきって目元が隠れてしまっていた。

それからは無言の時間が続いた。

ネズロもラックもただの一言も交わさず、ただじっと待っている。しかし二人の間に不思議と気まずい空気はない。

ふと奥の部屋の扉が開き、中から老婆が出てくる。

老婆は丸眼鏡を外して机の上に置くと、ラックの隣にあった残り一つの椅子に腰かけた。

老婆は口元を小さく動かして何やらぼそぼそと喋ったが、聞き取れない。しかしラックは老婆の口元に耳を寄せ、ふむふむと頷いている。

「細かい外傷があったからそれの手当てだけして、暖かくして寝かせておいたよ。目を覚ましたら栄養のあるスープでも飲ませてやれば、きっとすぐに元気になるだろう。だってさ」

「よかった……」

ネズロはそう零し、険しかった表情をほんの少しだけ緩める。ラックはそれを見てカラカラと笑った。

「だから言ったろ。大した心配はいらないって」

「……あんな弱りきった様子で目の前で倒れられたら、誰だって心配になるだろう」

「はいはい、そーだな。我らがネズロ様はお優しいもんな」

ネズロはムッとした表情でラックを睨んだが、ラックはそれを意にも介さない様子で愉快そうに笑っている。

老婆も声を出して笑ってこそいなかったが、目を細めて微笑んでいた。

「そうだ。先生、今回のお代は？」

ふと思い出したようにネズロがそう言った。

老婆はラックを手招いてまた自分の近くに来させると、何やらごにょごにょと呟く。

「いらないって」

ラックがそう伝えると、ネズロの表情が曇る。

「毎度毎度そう言うが、薬代だってタダじゃないだろう。少しは払わせてくれ」

「……こんな男前からお金を取るわけにはいかない、だって？　先生、俺にはそんなこと言ってくれたことないのに……まさか、まさか俺は男前じゃないっていうのか⁉」

老婆が何か言ったのだろう、ラックは何やら一人で喚いているし、老婆は面白そうに笑っている。

ネズロはその様子を見て諦めたような顔をした。

「……分かったよ。じゃあ礼はまたの機会に。先生、ありがとう」

「いいって言ってんのにな」

老婆も「ね」と言わんばかりの顔をした。コロコロとよく表情の変わる老婆だった。

老婆はラックに何やら告げると、またどこかへ行ってしまった。

「あの子が起きたときのために、スープ作っとくんだってさ」

ラックが言った。

再び二人の間に静寂が訪れるが、今度はすぐに打ち破られた。

「それはそうと、あの子のこと、これからどうするつもりなんだ？　お前も決して余裕があるってわけじゃないだろ。人一人養っていけるのか？」

ラックは先ほどまでの優しげな印象から一転、厳しい口調でそう言った。

伸びきった前髪の隙間から見える瞳が、鋭さを増した。

言われてみれば、ネズロの身なりも決して裕福に見えるというわけではなかった。

今と同じく黒を基調とした服装のため分かりづらくはあるが、ところどころ色褪せたり擦り切れたりしている。装飾品は一つも身に着けていない。

「なんとかするつもりだ。仕事を増やせばどうにでもなる」

「なんとかするってなぁ……お前、いつか倒れるぞ？　あの研究もまだ続けてるんだろ」

ラックの言葉を聞いて、ネズロはギクッと不自然に身を強張らせる。

自白しているのかというほどに分かりやすい反応だった。

「……それがなんだ。何をするのもオレの自由だろう」

「心配して言ってるんだよ。先生もお前のことを気にかけてる。お前が倒れたら悲しむ人間がいるのを忘れるなよ」

ネズロは何かを言おうとしたようだったが、結局何も言わなかった。

「……分かったよ、好きにしろって。たいがい頑固だな、お前も」

ラックは呆れたように肩をすくめてそう言った。

場面が切り替わった。

太陽の位置が高い。ネズロは先ほどと同じ道をずんずんと進んでいく。

今度は晴れているおかげで視界もよく、足元もぬかるんでおらず、道なき道を行くのもいくらか楽そうだった。

しばらくして、例の小屋に辿り着く。

さっきの映像では分からなかったが、小屋の横には柵で覆われた小さな畑兼庭があるようだった。季節の花が少しと、野菜がたっぷり植えられている。

「あ、ようネズロ。随分早かったな」

ほうきを持って玄関付近を掃いていたラックが顔を上げる。

「あの子は目を覚ましたのか」

「ああ、今朝早くに。これから沢山飯を食えばすぐ元気になるだろうってさ」

ラックは掃除する手を止めないままそう言った。

「行ってやらないのか？　あの子のところ。『昨日助けてくれた、黒髪のあの方』ってお前のことだろ」

「あの子には会わないつもりだ」

ネズロは静かな声でそう告げる。

ラックはネズロの言葉の意図を読み取れなかったのか、ポカンと口を開けて間抜けな顔をしている。

「それはどういう……」

今度は掃除する手を止めて、戸惑ったように聞く。ネズロはばつが悪そうに視線を泳がせていたが、覚悟を決めたように真っ直ぐラックの目を見た。

「あの子をここで預かってもらえないだろうか。もちろんかかる金はオレが払う」

「何言って――」

「頼む」

ラックの言葉を遮るようにネズロがそう続ける。

ラックは不可解そうな顔をしてネズロを見ている。ネズロは真剣な目でラックを見つめ返していた。

ほうきは持ち主の心情を現すように右往左往していたが、やがてその動きを止めた。

「……それは先生に聞かないと分かんないけど」

ラックは未だ戸惑った顔をしながらもそう言った。

ラックによると、老婆はまだ眠っているそうだった。

また時間を改めようとネズロが踵を返したところで、後ろからタッタッタッと小さな足音が聞こえてきた。

ネズロが振り返ると、そこには顔を真っ赤にして息を切らしているアステルの姿があった。肩で息をしている姿は苦しそうだ。

「……黒髪のお方。あなたに心からの感謝を。わたくしを助けてくださって、本当にありがとうございます」

アステルはかしこまった様子でそう言ったあと、軽く咳き込んだ。慌てた様子で駆け寄ってきたラックがアステルの背中をさする。

「はぁ、はぁ……げほっ、ごほ」

「ああもう、急に走るから。今お前の体は弱ってるって伝えたろ？」

ラックが幼い子供に接するような声色でそう言った。

アステルの呼吸が落ち着いたのを見て、ネズロが口を開く。

「オレはなんもしてねぇよ。礼なら先生……あの婆さんに言ってくれ」

ネズロはぶっきらぼうにそう言い放ったが、アステルは引き下がらない。

それどころか、一歩踏み込んでネズロとの距離を詰める。淡い水色をした大きな瞳がネズロただ一人に向けられる。

「いいえ。わたくしはあなたにこそお礼を言いたいのです。わたくしはアステルといいます。あなたのお名前は？」

「……オレはネズロだ」

少しの間のあと、ネズロは諦めたようにそう名乗った。

アステルの表情が綻ぶ。

「ネズロ様、命を救っていただいたこの御恩は決して忘れません」

アステルは美しい所作でカーテシーをしてそう言った。

幼い頃から教育を受けている貴族の令嬢でも、ここまで美しい所作をすることは難しいだろう。

そう思えるほどアステルの立ち振る舞いは洗練されていた。

ネズロはアステルの仰々しい仕草にたじろぎ、言葉に詰まっているようだった。

その間も、アステルの視線は少しも揺れることなくネズロに注がれている。

たっぷり数秒間の間をおいてから、ネズロはやっと口を開いた。

「アステル、お前に聞きたいことがある」

「なんでしょうか」

「お前の家名はなんだ？」

ネズロはドスの利いた声でそう問いかける。

アステルがビクッと小さく肩を震わせたのが見えた。

「その所作と言動、間違いなく貴族の出だろう。一体どうしてあんな場所に流れ着いていたのかは知らないが、帰るべき場所があるなら今すぐ帰れ」

ネズロは温度のない低い声でそう続ける。

真っ直ぐネズロに向けられていたアステルの視線が、ふらふらとどこを見るでもなく彷徨(さまよ)い始める。

「それから一つだけ言っておく。オレがこの世で一番嫌いなのは、自らの地位にあぐらをかいた貴族どもだ」

ネズロは拳をキツく握りしめながらそう言った。

アステルの視線は、ついに地面に向けられてしまった。

「……わ、わたくしは」

「言い訳はいい。今言ったとおりだ、さっさと帰れ」

何かを口にしようとしたアステルを、ネズロは非情にもそう切り捨てた。

アステルの瞳が不安げに揺れたのを見てか、静観(せいかん)を貫いていたラックが二人の間に割り込んだ。

「ネズロ、八つ当たりはよせ。まだこの子が貴族って決まったわけじゃないだろ。それに、帰る場所があるかだって分からないじゃないか」

ネズロは不服そうに眉を歪めたが、ラックの言うこともっともだと思ったのだろう。

それ以上話を続けることはせず、一歩引き下がる。

「アステルっていったか？　こいつがごめんな。悪いやつじゃないんだが、貴族のこととなると途端にブレーキが利かなくなっちまうんだ」

ラックは少しだけ身を屈めてアステルの視線に合わせると、そう言った。

ネズロの放つ雰囲気がより不機嫌そうなものへと変わるが、ラックは少しも気にしていないようだ。

「い、いえ……わたくしこそ、隠していることがあるのは本当ですから」

アステルはラックの言葉を聞いて落ち着いたように見えた。

「わたくしはアステル・オズ・ルーゼベルク。空間魔法を得意とするルーゼベルク家の第二夫人の娘です」

アステルは再び顔を上げ、はっきりとそう口にした。

眉間の皺を深くするネズロに、ラックが目でやめろと訴えている。

ルーゼベルク家。

聞き覚えがあるような気がしたが、すぐには思い出せず、考えている間にアステルが次の言葉を紡（つむ）ぐ。

「ネズロ様の仰るとおり、わたくしは貴族の出です。ですが……わたくしの帰る場所は、とうに失われてしまっています」

アステルは無表情を保っていたが、少し悲しげに見えた。

アステルの言葉を聞いて、ネズロの顔に動揺の色が浮かぶ。ラックも目元が隠れているせいで分かりづらいものの、驚いているようだった。

しかし二人は口を挟むことも驚きの声を上げることもなく、アステルが続きを話し出すのをじっと待っている。

「少々長くなりますが」

アステルは前置きをしたあと深呼吸をし、もう一度口を開く。

アステルは過去の話をする前に、そうやって前置きするくせがあるみたいだった。

「ルーゼベルク家当主は、先に迎えられた第一夫人より、わたくしの母親である第二夫人のほうを愛しておりました。第一夫人とは政略結婚で、わたくしの母とは恋愛結婚でしたから、致し方ないでしょう。ですが、第一夫人はそれをよしとしませんでした。ですから、わたくしたち親子は屋敷の中では肩身の狭い思いをしておりました。ですが表立って危害を加えられるようなことはありませんでしたし、少々陰口や嫌がらせをされるぐらいで、大きな問題はなかったのです」

アステルは台本でも読み上げているかのようにそう淡々と語っていき、一度言葉を切った。

そして覚悟を決めたように手を握りしめたあと、真っ直ぐにネズロたちの目を見る。

「ですが少し前に、わたくしの母親である第二夫人が亡くなりました」

ネズロとラックが息を呑んだのが分かった。

「ここからはよくある悲劇のようなありふれたシナリオです。当主が悲しみに暮れているのをいいことに、第一夫人はわたくしを追い出しました。確か表向きの名目は、隣国のクリスト共和国に留学するという話だったはずです。実際は王都から遠く離れた、人目につかない場所に放り出されただけでしたが」

それで行く当てもなくなり、あの裏通りに流れ着いたのだ、とアステルは言った。

アステルの話が終わってからも、ネズロとラックも何を言うべきか迷っているようだった。

しん、と静まり返っている。

「……すまなかった。事情も知らずに、お前のことをひどく言った」

ネズロが喉から押し出したような声でそう言った。

その声は、己の発言を深く悔いているように聞こえた。

「ネズロ様が謝るようなことではございません。わたくしが黙っていたせいで誤解を招いたのですから」

「だが……」

「どうしてもと言うなら、わたくしのお願いごとを一つだけ聞いてくださいませんか」

その様子はあまりにも真剣で、お願いごとなどという可愛らしい雰囲気ではない。口を挟むのを許さずに、間髪容れずにアステルは続ける。

「わたくしを、ネズロ様の『夜鴉団』のもとで働かせてくださいませ。どんなことをするかは、ラックから聞いています。わたくしは空間魔法を扱うことができます。必ずやお役に立つと約束しましょう」

ネズロはたじろいだ。しかし真っ直ぐ見つめ返してくるアステルの真剣な瞳は、ネズロに逃げることを許さない。

「……考えさせてくれ」

長い間考えたあと、ネズロはそう言った。

またもや場面が移り変わる。

「なあラック、オレはどうするべきだと思う？」

ラックは庭で取れたであろう、さやえんどうのような野菜の筋を取りながらそう言った。手際よく取り去られていく筋を、ネズロはボーッと眺めていた。

「知らないよそんなこと。先生に聞いてみれば？」

先生とラックは、森の外れで小規模な医院……とまではいかないものの、お金がない者たちの病や怪我を無料で診ているようだった。

ネズロは宮廷学者をやめ、所持金が尽きたときに病にかかったところを、彼らに助けられたことがある。その頃から時々、先生のもとにやってきているようだった。

そして今ほど大きい組織ではないものの、『夜鴉団』という名で義賊のようなことをしているらしい。

それらの情報がスッと頭に入り込んでくる。知らない記憶が入り込んできているというのに、不思議と不快感はなかった。

「あ、先生。もう起きたのか」

ラックが顔を上げる。老婆はラックとネズロを見てにこりと笑ったかと思うと、ラックに何か耳打ちした。

「……先生？　いやそんな、何を言って」

ラックが顔色を変える。その様子を見て、ネズロも何事かと表情を引き締めた。

「ラック？　先生はなんて言ってるんだ」

「……この家を譲るって」

「は？」

ネズロは思わずといった風にそう言った。

ラックは戸惑いながらも続きを口にする。

「自分は長い旅に出るから、この家は俺たちに譲るって言ってる。ボロボロで申し訳ないけどって」

ラックは老婆とネズロの顔を交互に見ながら、そう言った。

二人はどこからどう見たって混乱していた。

「急にどうしたんだよ先生。冗談なんてガラじゃないだろ」

ネズロがぶっきらぼうにそう言っても、老婆は黙って笑っていた。

老婆――先生が亡くなったのは、その日の夜遅くだった。

『長い旅に出る』と言ったのも、『家を譲る』と言ったのも、どれも自身の死期を悟(さと)ってのことだったのかもしれない。

老婆が残した言葉はこうだった。

『この家とわたしの遺す少しの財産が、あなたたちの助けになりますように』

それから、ネズロに一通の手紙がラックを通して渡された。

ラックの分もあったのかもしれないが、それは本人にしか分からない。

手紙には長々とした感謝の言葉と、数々の思い出話、それからネズロのことを本当の息子のように思っていた、と書いてあった。

老婆はネズロとラックにそれぞれ財産も残しており、それは贅沢(ぜいたく)をしなければ大人一人が何年か働かずに暮らせるほどの金額だった。

もしかすると、これを残すために老婆はあんなにも切り詰めた生活をしていたのかもしれない。

結局ネズロは、アステルのことをどうするか老婆に聞き損ねたままになった。

また場面が切り替わり、今度はラックとネズロが、外に出て夜風に吹かれている。

これからのことを話し合うのだろうか。

「見ろよ、これ」

ラックがおもむろにポケットに手を突っ込み、何かを取り出した。

銀色の小さなそれが、チカリと月光を反射して瞬く。

「指輪？　ってこれ、先生がはめてたものか？」

「はは、先生の指はこんなに太くないだろ。これをつけたらすぐにどっかに落っことしちまうよ」

ラックはそう言って笑い、指輪を空にかざしたあと、自身の指にはめた。

左手の薬指にはめられたそれは、ラックの指にぴったりだった。

「……俺さ、アーシャと結婚してたんだ」

ラックはぽつりとそう言った。アーシャとは先ほど亡くなった老婆の名前だ。

それも入ってきた記憶を通じて知っていた。

ネズロの目が驚きに見開かれる。

それもそうだ。ラックと老婆の歳は一回りどころか、二回りも三回りも、ひょっとするとそれ以

上離れているだろうから。

「何十年前だったかな。小さいものだったけど、ちゃんと結婚式も挙げたんだ。その頃はこの辺にもまだ村があって……」

ラックは懐かしむように、静かな声でそう言った。

どこか遠くの景色を見ているようだった。

ラックの言葉に、ネズロの表情がますます困惑の色に染まっていく。

「アーシャがしわしわのおばあちゃんになっても、ずっと、最後まで一緒にいるって約束した。ちゃんと約束が果たせてよかったよ。もし破ったりしたらあとが怖いったらありゃしない」

「ラック、お前は一体……」

ラックは黙って笑った。その笑い方は老婆とそっくりで、目じりに愛嬌(あいきょう)のある笑い皺が刻まれていた。

また目まぐるしく場面は移り変わり、映像の中では数年の時間が経ったようだった。

まるで早送りした映画を見ていたみたいで、あまりの情報量に頭痛がする。

映像の中では、いつかネズロとアステルが出会った日のように、空から冷たい雨が降り注いでいた。

灰色がかったどこかの路地を、ネズロは走っていた。

あの日の再現みたいだった。

決定的に違うのは、ネズロの腕の中に抱えられたアステルが、真っ赤な血を滴らせていることだった。

じわり、と腹辺りから血が滲んでおり、ネズロの腕に伝っていく。

アステルの顔には血の気がなく、唇も不健康な紫色だ。長い睫毛は力なく伏せられており、すらりとした手足は力なく投げ出されている。

ネズロはあの日と同じ道を辿って、一心不乱にラックの住んでいる小屋へ走り続ける。

時間は少し前にさかのぼる。

ネズロはアステルが『夜鴉団』に関わることをよしとしなかったが、帰る場所がないアステルを放り出すようなこともしなかった。

ネズロは先生の残した財産を利用し、町に小さな部屋を借りた。

そしてその部屋をアステルに与えた。さらにそれだけでは終わらず、先生の遺産を半分分け与えた。

それから自身の伝手（つて）を使い、いくつか働く先を提示した。

最初こそアステルはネズロの手伝いをすると言って聞かなかったものの、最終的には諦めて、その中の一つである花屋で働くことにした。

そしてまだ一人で暮らすには少し早いアステルのために、週に何回かネズロかラックが様子を見にいく。

その辺りで拾った子供に施すには、いたれりつくせりにもほどがある対応だった。

ネズロが何を思ってそうしたのかは分からないが、アステルもそれを受け入れていた。

ネズロは夜鴉団としての活動を続けながら、そんな生活を続けていた。

そんなある日の夕方、ネズロはいつものようにアステルの部屋を訪ねた。

しかしいつまで経ってもアステルが出てくる様子はない。この時間帯ならもう帰っているはずなのにだ。

「……アステル？」

もう一度ドアをノックする。やはり返事はない。

迷う素振りを見せたあと、ネズロはドアノブに手をかけた。鍵はかかっておらず、いとも簡単に開いた。その不用心さに思うところがあったのか、ネズロは眉をひそめた。

左手にアステルに渡す予定の菓子が入った紙袋を持ったまま、ネズロは部屋の中に入った。その瞬間、鮮烈な赤が視界に飛び込んでくる。

アステルが血を流して床に倒れていたのだ。その腹には粗雑な作りのナイフが突き刺さっていて、どくどくと絶え間なく血が流れ出ている。

ネズロは紙袋を投げ捨て、アステルに駆け寄った。

「一体何があったんだ……！」

ナイフを抜き去り、自身の上着を脱いで傷口を押さえる。痛みからか、アステルが小さくうめいた。

ドンドン、と激しい音が聞こえて、目の前の光景に意識が戻る。

ちょうどネズロがあの日と同じ扉を叩いているようだった。

修理されたのか、強く叩いても扉はガタガタ揺れたりしない。よくよく見れば、蝶番が真新しいものに取り換えられていた。

「ちょ、やめろよ！　誰だか知らないけど蝶番変えたばっか――」

慌てた様子で飛び出てきたラックは、ネズロに抱えられているアステルを見て血相を変えた。

しかしすぐに平静を取り戻したようで、途端に落ち着いた表情になる。

「……事情はあとで聞く。早く中に入れ」

ネズロは頷きすらせず割り込むように中に入ると、勝手知ったる様子である部屋の扉を開けた。

その部屋の壁は一面棚と引き出しに覆われていて、そのどれもにガラス瓶や見知らぬ道具が所狭しと並べられている。

その部屋の真ん中に設置されているベッドに、ネズロはアステルを慎重に横たわらせた。

傷がひどく痛むだろうに、アステルは身じろぎすらしない。さっきよりもさらに顔色も悪くなっていた。

あとからやっていたラックが、引き出しや棚から道具を取り出し、ベッド脇に置かれた台に並べていく。

ほとんどの道具は何に使うのか分からなかったが、針と糸を見て傷口を縫合（ほうごう）するのだということは理解できた。

ネズロはラックが準備を終えたのを見ると、部屋を去ろうとした。

しかしラックがそれを止める。

「手伝え」

ラックはこの状況に似つかわしくない、落ち着き払った声でそう言った。

ラックは手際よく作業を進めていった。迷いのない手つきと傷口だけを見据えている目は、こういう状況に慣れているように見えた。

ネズロはラックに指示されるままあれを取ったりこれを取ったり、部屋の中をせわしなく動き回っていたが、しばらくすると部屋から追い出された。

ネズロは扉の前で、中から聞こえてくる物音を聞きながら待つことしかできなかった。その表情からは、見ているこっちが辛くなるほど悲しみと不安が溢れ出ていた。

ネズロは随分長い時間を扉の前で過ごした。

ガチャリと扉の開く音が聞こえ、ネズロは縋るようにラックを見つめる。

「ごめん」

ラックはネズロと目を合わせずにそう言った。

「……何故」

ネズロは掠れた声でそう言った。

ラックが顔を上げる。憔悴しきった顔をしていた。

「失った血が多すぎたんだ。できることは全部やったけど、だめだった」

ラックは誤魔化しの一切含まれていない言葉で、そう告げる。

「どうして、あいつがこんな目に遭わなきゃいけないんだ……こけてた頬もふっくらしてきて、やっと最近楽しそうな顔を見せてくれるようになったところだったのに。覚えた花の名前とか、面白い客が来たとか、沢山話してくれてさ……」

ネズロが誰に聞かせるでもなくぽつぽつとアステルのことを呟くのを、ラックは黙って聞いていた。

「この間言ってたんだ。最近、妙な胸騒ぎがするって。でもオレは気のせいだって決めつけて気にも留めなかった。もっとまじめに聞いていれば……」

「なぁネズロ」

ラックがネズロの呟きを遮る。ネズロが顔を上げた。

「神に背く気はあるか？」

そう言ったラックの顔は苦々しげに歪められていた。

また場面が変わる。

ラックは深い森の中を歩いていく。その後ろにアステルを抱えたネズロが続く。ラックの足運びに迷いはなかった。

しばらくすると、ラックはあるところで歩みを止めた。幹に傷がつけられていること以外は、なんの変哲もない木が二人の前に佇んでいる。

ラックは持ってきていたスコップでその木の根元を掘り始めた。

「お、あったあった」

土の中から出てきたのは古ぼけた壺だった。ラックはその封を躊躇なく解いていく。

壺をひっくり返すと、中からいくつかの小瓶と、ぼろぼろになった紙片が転がり出てきた。

「よし、全部揃ってるな」

「……それは？」

「禁術の材料」

ネズロがハッとした表情をする。

ラックは壺はそのままに、小瓶と紙片をポケットに突っ込んだ。カチャ、と瓶同士が触れ合う音がする。

「確かお前、自分用の研究室持ってたよな？」

「どうしてそれを……」

「いいからそこに連れていけ。あとのことはそこで話す」

ラックは有無を言わせない様子でそう言った。

「……分かった。ついてこい」

そう言うと、ネズロはアステルを外から見えないよう布でくるんで抱え込み、来たのとは別の方向へ歩き出した。ラックは黙ってその後ろについていく。

二人は一言も交わさないまま歩き続け、やがて王都の外れに着いた。ネズロたちがいた町は、どうやら王都の隣町だったようだ。

そしてとある民家の前に辿り着くと、ネズロは持っていた鍵で扉を開け、ずかずかと家の奥へと踏み入っていく。

ただの床下収納にしか見えない場所を開けるようラックに指示する。ラックが蓋を持ち上げると、その奥には長い階段が続いていた。

階段を下りた先の重厚な作りの扉を開ける。そこは俺も行ったことのある場所だ。

違うことと言えば、床に魔法陣がかかれていなかったり、紙束が少なかったりすることぐらいか。

ラックは無遠慮に中へ入ると、その辺りにある紙束を手に取った。ネズロは不服そうな顔をしたが、何も言わずにただラックが文字を追うのをじっと見ている。

「……想像してたよりも進んでるな」

ラックは紙面から目を離さないままそう呟いた。

他の紙束や本をいくつか読み込んだあと、やっとネズロのほうを見た。その間待ちぼうけを食らっていたネズロは訝しげな顔をしていた。

「よしネズロ、今から俺の言うことをしっかり聞いとけよ」

そう言うと、ラックは手に持っていた紙束をネズロに投げてよこした。アステルを抱えていたためそれを受け止めることは叶わず、紙束はネズロの足元に落ちる。

ネズロはアステルを壁にもたれかけさせると、紙束を拾い上げた。

「三十一ページ目。効能と体におよぼす影響」

ネズロはそのページを探す。

「術者の魔力によって、被術者の身体機能を一時的に引き上げる、の部分。それを応用する」

ラックはその詳細について次々と語っていく。

ネズロは脇に落ちていた鉛筆を慌てて手に取ると、何やらものすごい速度で紙に文字を書き込み始めた。

ラックは説明を続けながらも、懐から小瓶を取り出した。

そして毒々しい紫色をしたそれを自身の手にぶちまけた。

ネズロはぎょっとして一瞬顔を上げたが、ラックが新たなことを説明しだすと、すぐにメモに戻った。

ラックは紫色の液体にまみれた手を筆代わりに、研究室の床に線を引いていく。それらはやがて図形となり、複雑に組み合わさっていく。

ネズロがすっかり先の丸まった鉛筆を置いた頃には、魔法陣が完成していた。

「……これで、本当にアステルは生き返るんだな？」

ラックの説明を聞いて、ネズロはこれからすることを完全に理解したらしい。ラックに向けていた訝しげな視線はもうない。

「ああ。禁忌を犯す覚悟はいいか？」

ネズロは頷いた。

アステルを魔法陣の中心に横たわらせる。ネズロは腰に下げていたナイフで親指に傷をつけ、滴る血をアステルの舌の上に落とした。

「術者の血を取り込ませたら、あとは……」

ラックは神妙な顔でネズロのやることを見守っていた。

準備を全て終え、ネズロが床に両手を添える。

「頼む……」

ネズロがそう呟き、魔法を発動させる。

魔法陣が溢れんばかりに光り輝く。影すら塗りつぶすぐらいの光がおさまって、ネズロはやっと目を開ける。

「ここは……？　ネズロ様、どうしてそんな顔をしているのです？」

そこには不思議そうな顔をしたアステルがいた。

また情報が頭の中に流れ込んでくる。

アステルに凶刃を向けたのはルーゼベルク家が仕向けた刺客だった。ネズロはそのことを調べ上げた。

どうやら刺客はネズロがやってきた気配を感じて、完全にとどめを刺す前に逃げたらしかった。

アステルが身を潜めていることをどこからか聞きつけ、殺しにきたようだった。

その刺客は今は生きてはいない。

ネズロは捕らえた刺客に拷問(ごうもん)をし、さらにはその命すら奪った。

思えば、このときから彼は禁忌の魔法を使用した代償として、倫理観が欠如し始めていたのかもしれない。

ホムンクルスとして蘇ったアステルは人間としての身体機能こそ停止していたものの、普通の人間と変わらない生活を送ることができた。

空腹は感じないが食事を摂ることもできるし、痛みだって感じる。ネズロもラックも、アステルに事の仔細は告げなかった。

一つだけ彼らの予想外だったことは、蘇ったアステルの記憶が部分的に欠落していたことだ。アステルはラックのことを忘れていた。

そして副作用というべきか、アステルには魔眼が宿っていた。

ネズロはアステルの希望を聞き入れ、夜鴉団の手伝いをさせるようになった。

ラックはアステルの側にいることを希望し、アステルのことを心配したネズロはそのとおりにさせた。

そうして夜鴉団は活動の規模も範囲も大きくしていった。

「ボス、本日のご予定は?」

「そうだな、今日は——」

そうしてそこには俺の知るネズロとアステルの姿があった。

8

そこでプツリ、と映像が途切れた。

夢うつつではっきりしなかった頭が活動を再開する。どこかネズロと同化していたような意識も、
今は完全に俺のものに戻っている。

「今のは……ネズロの記憶？」

あまりに情報が多すぎて、頭が弾け飛んでしまうんじゃないかと心配になる。

見たことも、感じたことの整理も、全くできそうになかった。

全部ごちゃごちゃになって混乱したままでも、唯一分かったことは……

「本当に、アステルは一度死んでるんだ……」

この映像がネズロの記憶だという確証はどこにもないし、もしかしたら俺が作り上げた幻覚かも
しれない。

それでも俺は、今見たことがただの幻だとはとても思えなかった。

視界が急に開けて、光が戻ってくる。

そこにはネズロも、アステルも、フェルモンド先生も、ラックも、誰一人の姿も見当たらなかった。

あんなにまがまがしい雰囲気を放っていた黒いもやさえ、跡形もなくなっていた。

「アステル？　フェルモンド先生？　ラック⁉」

全員の名前を呼びかけるが、返事はなかった。

皆はどこへ消えてしまったのか。まさか、俺以外の全員はあの黒いもやに取り込まれてしまったのだろうか。

もしそうだとしても、黒いもやが跡形もなく消えてしまった今、皆を探す術は残っていない。

一体俺はどうすればいいのか、さっぱり分からなかった。

俺が呆然とする中、ふいに肩に置かれた手に、大げさに体が跳ねてしまう。

「そんなに驚くなよ……」

ラックが呆れたようにそう言った。

「ラック、無事だったのか！」

思わず大声が出てしまう。ラックは苦笑した。

「俺は、な。どうやら特に関わりの深い、アステルとフェルモンドさんがあのもやに取り込まれちまったみたいだ」

「……ラックも関わりが深かったんじゃ？」

ラックは驚いた顔をした。どうしてそれを、とでも言いたげだ。

「そのことについてはあとでまとめて説明する。今は落ち込んでる暇も説明してる暇もない。早く二人を助けないと。クソ、まさかあんななんの前触れもなく……！」

ラックは自責の念に苛(さいな)まれているようだった。

己の行動が招いた結果だとでも考えているに違いない。発案者はラックだったとしても、それに同意したのは紛れもなく俺たちなのに。

あの映像を見て、ラックに問いただしたいことは山ほどあった。けれど確かにラックの言うとおり、今はアステルとフェルモンド先生を助け出すほうが先決だ。

「あの黒いもやが禁忌の代償……」

「人間の負の面を引き出して、本来の人格を覆い隠してしまうんだ。人間に禁じられた領域に踏み込んだからには、重い罰が必要ってわけさ。あの黒いもやは、負の感情が溢れ出したものだ」

ぽつりと呟いた俺に、ラックがそう答える。

人間には踏み込めない領域。その話を聞いて、今までにうっかり回復魔法とかで蘇生を試みなくてよかった、と思った。

「一度はじき出された以上、俺たちがあの空間に戻る術は普通存在しない」

「そんな……」

本当に、アステルたちを救い出す方法はないのだろうか。

何やら詳しく知っているらしいラックがないと答えたからにはないのだろうが、どうしても諦めきれなかった。

どうにか裏技的な方法を見つけ出せないものか。

うんうんうなっている俺の横で、ラックは項垂れていた。

このことが相当こたえているようだ。

判断を誤るだなんて誰にでもあることだが、今回は失ったものが大きすぎた。

励ましの言葉をかけようとして、やっぱりやめた。

上手く言える自信がなかったからだ。

正面から差し込んでくる日の光はオレンジ色で、もうじき日が暮れてしまいそうだ。

あちこち駆けずり回ったり、ネズロの説得を試みたりしているうちに、随分長い時間が経っていたようだ。

「……常識と成功率を度外視するならば、一つだけ方法はなくはないんだ。本当は」

「どれだけ危険でも、少しでも可能性があるなら、やらない選択肢なんてないに決まってるだろ」

そう言うと、ラックが俺の目を見た。

「で、方法を教えて？」

「この崖から飛び下りる」

「……正気？」

平然とした顔でとんでもないことを言い出したラックに、思わずそう返す。

まさかショックでおかしくなったわけじゃないよな。

「残念ながら正気だ。崖から飛び下りる瞬間、俺たちは強い恐怖を感じることになる。つまり負の感情だ。強い負の力を発生させることで、磁石(じしゃく)みたいにあの黒いもやに引き寄せられる……かもしれない」

「かもしれないって……」

「仕方ないだろ、やったことないんだから」

ラックは強い語気とは裏腹に、申し訳なさそうな表情でそう言った。

崖から飛び下りるなんてどう考えても正気じゃないが、これしか方法がないのだから仕方ない。

もし失敗したときのことは考えないようにしよう。

崖から飛び下りるより、アステルとフェルモンド先生を見捨てるほうが俺は嫌だ。

「言っとくけど命の保証はないぞ。仮に二人のところに行けたとしても、そこから先はもっと危険だ」

　ラックはだめ押しするようにそう言った。そんなこと初めから分かりきっていることだ。せっかく人がそのことを考えないようにしてたのに。

「でも、やるしかない」

「……そうだな。エルティードの言うとおりだ。二人……いや、三人を見捨てることなんてできない」

　そう言ったラックの足は少し震えていて、こんなときだというのに笑ってしまった。

　ラックは俺を小突いたあと、崖の端まで歩いていった。

　俺もそれに続く。

　崖の端、ぎりぎりのところに立ってみると、想像以上の高さに驚く。ちらりと下に広がる森と町が目に入ってしまい、後ずさりしそうになる。

　踏ん張っていないと、吹き荒れる風にあおられて今にも落ちてしまいそうだ。

「行くぞ」

　俺が深呼吸をして気持ちを落ち着けていると、隣からそんな声が聞こえた。

　隣を見るがラックの姿はない。

　普通こういうときは一緒に飛び下りるだろ！　と突っ込みを入れるが、そんなことを考えている場合じゃない。

　目を固く瞑（つむ）って、ラックに続き慌てて崖から飛び下りた。

◇　◇　◇

「やっと起きたか」

目を覚ますと、最初に目に入ったのはラックだった。

のそりと体を起こしてみると、あちこちが痛んで小さく悲鳴を上げる。

今俺たちが生きているということは、ひとまず黒いもやの中へは辿り着けたらしい。

辺りはやはり真っ暗だったが、自分の手が見えないほどではない。少し離れているラックの顔でもぎりぎり見えるぐらいには明るい。

「とりあえずは成功してよかったよ。あそこで失敗してたら、翌日には俺たちの死体が……」

「ラック！　洒落になんないって！」

慌ててラックの言葉を遮ると、また楽しそうに笑われる。

どうやら俺はからかわれたらしい。

「さて、ここに来られたからには二人の捜索だが……」

「全然見当たらなそうだ」

辺り一面に何もない真っ黒な空間が広がっているだけで、人の気配はまるで感じられない。

「手当たり次第捜すしかなさそうだな。俺はあっちに行くから、エルティードは、向こうのほうを捜してきてくれ」

「でもいつ何があるかわからないし、別行動は危険なんじゃ」

「二人を捜すほうが先決だろ。さっさとしないともやに取り込まれちまうかもしれないんだ」

「……ちょっと待ってよ」

「とにかく早く捜しにいくぞ」

ラックはそう言うと、さっさと歩いていってしまった。

しばらくの間その後ろ姿を見送っていたが、すぐにラックの言葉を思い出し、先ほど言われた方向へと歩き出した。

今度は景色が切り替わることもなく、周囲はずっと真っ暗なままだった。そしてやっぱり、人の気配はないし、聞こえる音といえば俺の足音だけだ。

この黒いもやの中はどういう原理なのか、相当広い。いつまで経っても壁や障害物らしきものに突き当たることはなかった。

真っ暗な中を当てもなく彷徨っていると、どうにも気が滅入ってくる。

一旦戻り、別の方向を捜しにいこうかと考えたときだった。少し離れた場所に、唐突に人影が現れた。

初めはまたネズロの記憶だと思ったが、動きも喋りもしない辺り、違うらしい。もしかして捜している人物かと思い、走って近付く。

人影の正体はアステルだった。

先ほどよりも辺りが暗いため顔がはっきり見えるわけではないが、この背格好でこんな場所にいる人物はアステルぐらいしかいない。

「アステル、大丈夫⁉」

そう叫んで駆け寄るも、アステルから返事はなく、代わりにその姿が一度揺らいだだけだった。

不自然な動き方に違和感を覚えるが、今はそんなことどうでもよかった。

それよりも、一刻も早くアステルを見つけたことを、ラックに伝えなければ。ラックはアステルのことを本当に大切に思っているようだったし、きっと心配しているだろう。

「ラックと二人で、アステルとフェルモンド先生を捜しにきたんだ。ラックは反対方向に行ったから、早くそっちへ行こう。あ、でも別行動のままフェルモンド先生を捜したほうがいいか……」

ラックに伝えるのが先か、フェルモンド先生を捜すのが先か迷っている間も、アステルは一言も喋らなかった。

「アステル、どこか具合でも悪い？　だったらラックのところへ行って休んだほうが――」

言葉の続きを話すことは叶わなかった。アステルが俺に攻撃をしかけてきたからだ。

どこに隠し持っていたのか、黒々とした小ぶりな剣が、俺の腕を掠めた。すぐに二本、三本、と追撃がやってきて、体のあちこちを掠める。

アステルの瞳、ガーゼが当てられていないほうの目は紫色に輝いていて、事情は呑み込めないがとんでもなくまずい状況だということは分かった。

「憎い、憎くてたまらない！　わたくしを捨てたやつらが、わたくしを傷つけたやつらが！」

アステルは瞳を俺に向けたままそう叫んだ。

尋常ではないその様子に、思わず動きを止めてしまう。逃げなければいけないのは十分分かっていたが、何故かこの場から動くことができなかった。

「何故わたくしは追い出されなければならなかったの？　どうしてわたくしばっかり――」

それでもなんとか足を動かしこの場を離れようとした瞬間、キィン、と頭の中で聞き覚えのある甲高い音が聞こえた。

「不遜なる者よ、我が瞳の前にひれ伏すがいい！」

「し、まった！　背後を……」

途端に体は言うことを聞かなくなり、強制的に地面に膝をつかされる。

アステルは見えないが、後ろからひしひしと怒りの気配を感じる。

これがラックの言う『もやに取り込まれた』という状況なのか。

今のアステルの状態も、そのせいで負の感情が増幅されていると考えれば納得がいく。

なんとか上半身を動かして、アステルのほうを振り向く。アステルはちょうど、黒光りする剣を俺に突き立てようとしているところだった。

「待つんだアステル、今の君は本来の君じゃない！　この黒いもやのせいで、負の感情を増幅させられているだけなんだ！」

俺が大声を出したせいか、アステルの動きが一瞬止まる。けれどアステルは、すぐに剣を構え直した。

もうだめなのか。そう思ったとき、ふいにアステルの視線が俺から外された。アステルの見ている方向には、フェルモンド先生とラックがいた。

ラックはアステルに体当たりすると、アステルの手から剣を奪いにかかった。

「何を、するのですか！　わたくしの邪魔をするな！」

「悪いがそういうわけにはいかないんだ！　その剣を離せったら！」

アステルはラックを振り払おうと剣を振り回し、ラックの体のあちこちに細かい切り傷ができる。

アステルの意識が俺から逸れたせいか、ふいに体が動くようになる。

フェルモンド先生と俺も加勢し、なんとかアステルから剣を奪い取ることに成功した。

アステルから奪い取った剣は、俺たちの手に渡った途端どろどろと黒く溶けてなくなってしまい、あとには何も残らなかった。

アステルは剣を離すと幾分か落ち着いたのか、今はじっとおとなしくしている。瞳の色も薄い水色に戻り、攻撃してくる気配はない。

俺とフェルモンド先生とラックは、誰からともなくアステルから少し離れたところに集まった。念のためアステルには背を向けず、何があってもすぐに対応できるようにしておく。

「ラック、アステルはもう、黒いもやに呑み込まれちゃったのか……？」

「いや……ギリギリセーフだ。呑み込まれかけているようだけど、俺と目が合った瞬間少しだけ動きが止まった。理性が残っているなら、まだ間に合う」

ラックはそう言うと、すっかり動きを止めたアステルのほうへ目をやった。間に合うと聞いてホッとする。てっきりもう手遅れなのかと思った。

ラックがアステルに向けている視線はひどく痛々しく、ラックのことまで心配になってくる。

しかし俺が介入するようなことでもないため、気分を切り替えて顔を上げた。

「フェルモンド先生も見つかったみたいでよかった。フェルモンド先生のほうは何も異常はない？」

「はい。普段研究にばかりかまけているせいで、悩みらしい悩みがなかったことがよかったのかもしれません」

フェルモンド先生はそう言って笑った。

心なしか普段より陰鬱なオーラを発しているような気はするが、異常というほどではないようだ。

フェルモンド先生までもやに呑み込まれてしまったら、一体どうしようかと思った。

フェルモンド先生は頭がいいから、きっと高レベルな罵倒を繰り広げるのだろう。もしそうなっていたら、俺のメンタルはボコボコになっているところだった。

俺たちのほうへ意識を戻したらしいラックが、ようやくこちらを向いた。

「アステルに関しては、ここから連れ出せば徐々にもとに戻るはずだ。でもここにいたままじゃ、もっと汚染が進んでしまう。一刻も早く外へ出なきゃいけない」

「出る方法もラックは知ってるのか？」

そう質問すると、ラックは気まずそうに目を逸らした。

そして誤魔化すように頭を掻いてみせた。

明らかに何かまずいことがある人間の反応だ。

ラックは言うのを迷うように口元をもごもごと動かしたあと、やっとのことで口を開いた。

「……ネズロからこの黒いもやを断ち切るか、殺すかしないとこのもやは晴れない。でもそれは――」

「とてつもなく難しいって言うんだろ」

今のネズロは相当強い。

しかもこの黒いもやの中はネズロのテリトリーだ、何を仕掛けてくるか分からない。

だからと言って、ここで餓死するのを待っているだけなのは一番嫌だ。

「……黒いもやは、禁忌の代償だって言ったよね」

「ああ。人間に禁じられた領域に手を出した罰だ」

ラックは先ほども言っていた言葉をもう一度繰り返した。

「信じてもらえないかもしれないけど、僕の力なら、ネズロから黒いもやを断ち切ることができるかもしれない」

俺はそう言う。

王都で魔物全て消し去ったときのような、もう一度、あの無茶な不思議な力を使えば。

あれはきっと人ならざる聖女の力だ。禁忌に手を出した代償、という摩訶不思議な現象にはもってこいだろう。

気がかりなのは、その無茶な魔法、『デリート』を使って以降、時々手が透けることだ。

この間兄様と姉様と遊んでいたときに見つけた、洞窟の祠には、『聖女は役目を果たし、神のもとへとお帰りになった』という文章が彫られていた。

王都の一件は『災厄の日』にも関係があったため、『役目』の一部を果たしたとカウントされ、存在が消え始めているのかもしれない。

けれど今回は、『災厄の日』にはなんの関係もないことだ。

それならば『役目』に含まれない……ことを願う。

当然また死にかけるリスクはあるが、あのときも戻ってこられたのだから大丈夫だろう、という希望的観測だ。

「……エルティード様、まさか！　いけませんそのようなことは、どれだけ危険か！」

フェルモンド先生は俺の考えに勘付いたようで、焦った顔でそう言った。

「でも、ネズロをどうにかしないと僕らはここから出られないままだ。試せることは試すべきだと思う。たとえ僕の身に危険が起こったとしても、四人全員ここで死ぬよりはマシだよ」

そう言うと、フェルモンド先生は下を向いて黙ってしまった。

フェルモンド先生のことだ、俺の言ったことが正しいという気持ちと、それでも納得できない気持ちの狭間で戦っているに違いない。

「ですが……」

フェルモンド先生はそう言ったが、そのあとに続く言葉はなかった。

ラックは複雑そうな顔で俺を見ている。しかし、何かを決断したように頷いた。

「よし、俺はお前を信じる。頼んだぞ、エルティード」

「成功するかは分からないんだからな」

「期待してるぜ」

ラックは悪戯っぽく笑って、わざと茶化すようにそう言った。そして俺の胸に拳を当てた。

まずはネズロをしっかりと確認して、今の状況を把握したほうがよいだろう。

ということで、俺たち一行はまずネズロを見つけるべく、黒いもやの中をひたすら彷徨うことになった。

黒い空間はやはりどこまでも続いているように感じる。

事実、歩けど歩けど、壁だの光だのといったものは見えてこない。

地面は起伏すらなく、ぬめりを帯びている。一歩歩くたびに、ぺちゃ、と気味悪い音と感触が生じた。

先ほどまでは地面にこんなぬめりはなく、ただの硬い床のようだった。ぬめりが出てきたのは、しばらく歩いて周囲がさらに暗くなり始めた頃からだ。

暗くなるということは、黒いもやの濃度が増しているということかもしれない。もしかしたらネズロが近くにいるのかも。

そう思って、改めて気を引き締めた。

大した距離は歩いていないと思うのに、既に疲れが生じ始めている。他の皆もそう見える。

この暗くて何もない空間を、彷徨っているせいだろうか。

いよいよ他三人の存在も分からないほど周囲が暗くなってきて、俺が魔法で炎を灯した。

ネズロに見つかるかもしれないが、捜している相手が自らやってきてくれるならむしろ好都合だ。

炎を灯すと、暗くて見えなかった周囲の様子が露わになった。

黒い地面が、ぬめぬめと光を反射している。この液体も黒色らしく、履いていた靴は黒く汚れていた。実際目の当たりにすると、余計に気持ち悪さが増す。

「ここらで一旦休憩しないか」

アステルを背負って移動していたラックが、そう提案した。

アステルはまだどこか遠くを見つめており、自力では歩いてくれそうになかった。このまま歩き続けては、ラックの体力が持たないだろう。

交代するという手もあるが、それはラックが許してくれそうになかった。ラックはよほどアステルのことが大切らしく、道中何度か交代を申し出たが全部却下された。

「……そうだな、そろそろ休もう」

元々体調が悪そうだったフェルモンド先生がさらに顔色を悪くしているのを見て、俺はそう言った。

それに、俺もそろそろ歩き続けるのも疲れてきたところだ。疲れ切った状態で歩き回ったってろくなことがないだろうし。

「でも、休むって言ったって、この地面じゃな……」

この得体のしれないぬめりの上に腰を下ろすのは気が引けた。

どうしたものかと迷っていると、ふとフェルモンド先生が肩にかけていたマントを外し、地面に広げてくれた。

「どうぞ座ってください。僕にはこれぐらいしかできませんから」

「ありがとうフェルモンド先生、じゃあ遠慮なく。そこそこ広いし、詰めれば四人全員座れそうだ」

上質な生地の上に座るのは申し訳ないが、今はフェルモンド先生の厚意（こうい）に甘えることにした。

ラックがアステルを座らせるのを待ってから、俺もマントの上に腰を下ろした。

少々狭いが、俺もラックも下に敷けそうなものは持っていないから仕方ない。

休むフリをしながら、そっとフェルモンド先生の様子をうかがう。

やっぱり顔色が悪化しているし、とても疲れているように見える。アステルほどではないが、少なからず黒いもやに影響を受けているのだろう。

滞在時間が短いためまだ俺とラックは大丈夫そうだが、いつ影響が出るかも分からない。気を付けなければ。

数分ほど休憩を取ったところで、突然フェルモンド先生が立ち上がった。フェルモンド先生の額にはうっすらと汗が滲んでいて、明らかに調子が悪そうだ。

「少しネズロを捜してきます。皆さんはゆっくり休んでいてください」

「待って、フェルモンド先生、そんなに体調が悪そうなんだから、ゆっくり休んだほうがいいよ。それに仮にネズロを見つけたとしても、フェルモンド先生一人じゃ危険だって」

「ご心配には及びません。すぐに戻ってきますから」

フェルモンド先生はそう言うと、俺の手を振りほどいて暗闇へと消えていってしまった。追いかけようとしたが、ラックに呼び止められた。

「お前まで行ってどうするんだ。すぐに戻ってくるって言ってたろ」

「でも……」

こんなときに一人で行動したがるなんて、フェルモンド先生は何を考えているのだろう。あんなに体調も悪そうだったのに。

普段ならこんな行動を取るような人じゃなはずだ。黒いもやの影響で、思考が鈍っているのかもしれない。

本当はラックを無視して追いかけたかったが、今回は言うことを聞くことにした。

あれだけ歩き回ってもネズロに出会わなかったのだから、きっと少し捜したぐらいで出くわすことはないはずだ。

気がかりなのはフェルモンド先生の体調だが、流石に倒れる前に帰ってくるだろう。

そう思い、俺はもう一度、フェルモンド先生が残していったマントの上に腰を下ろした。フェルモンド先生が何事もなく戻ってくることを祈りながら。

しかし、いくら待ってもフェルモンド先生が戻ってくることはなかった。時計がないため正確な時間は分からないが、確実に十五分以上は経っていると思う。

俺はじっとフェルモンド先生が向かった方向を見つめていたが、いつまで経っても暗闇の向こうにフェルモンド先生の姿は見えてこない。

ラックもフェルモンド先生が帰ってこないことを不審に思い始めたのか、俺と同じ方向を見ている。

もう十分ほどそうして待ったが、やっぱりフェルモンド先生は戻ってこなかった。

「……なぁラック、流石に捜しにいってもいいんじゃない？」

「そうだな。これだけ戻ってこないと、何かあったのかもしれないしな」

ラックはそう言うと、もう一度アステルを担ぎ上げた。

すっかりぬめりがしみ込んでしまったマントは回収するか迷ったが、一応汚れた面を裏側にして丸め、小脇に抱えていくことにした。

フェルモンド先生が帰ってきたとき、俺たちがいないと困るだろうと思い、アイテムボックスから取り出したポーションを置いておく。

ぬめりがつかない位置に、インクで書き置きも残しておいた。

怪我をしていたとしてもこれで回復できるし、俺たちがどこへ行ったのかも分かる。

灯している炎の火力を上げると、俺たちの半径二、三メートルぐらいが明るくなった。これで遠くまで見える。

フェルモンド先生が行ったのは、俺たちがやってきたのとは反対の方向だ。多分。

何しろ一面真っ暗闇な上、目印になるものもなく、方向がよく分からないのだ。

「フェルモンド先生、大丈夫かな……」

思わずそう零すと、少し後ろを歩いていたラックが、俺の真横までやってきた。

「俺が追いかけるなって言ったんだ。お前が気に病む必要はないさ」

「そうは言っても、心配なものは心配だ」

「元気出せよ、お前まで暗いんじゃ余計に気が滅入るだろ。ただでさえ真っ暗な空間だってのに」

「そう簡単に元気出たら苦労しないって……」

ラックは励ましの言葉や面白いことを言って俺を元気づけようとしてくれたが、どれもフェルモンド先生が心配なあまり、ほとんど耳に入ってこなかった。

途中話していた、路地で果物の皮を踏んですっころんだ話については、少し笑ってしまったが。

しばらく歩いても、フェルモンド先生は見つからなかった。

もう一段階火力を上げて、さらに広い範囲を照らせるようにする。それでも目に映るのは黒くぬめった床ばかりで、手がかり一つない。

もしかしたらすれ違ったかもしれないと思い、俺たちはもう一度もとの場所へと引き返すことにした。

方向がよく分からないので、さらに火力を上げ、さっき置いてきたポーションの容器が反射しないか試すことにした。

集中力を高めて、俺たちが焼けこげない程度の最大限まで火力を上げる。すると、視界の右端辺りでチカッ、と何かが光った。おそらくポーションの容器だ。

その方向をしっかりと覚えて、火力を落として歩き始める。火力が高いと、炎を操っている俺の服に燃え移りそうだからだ。うっかり燃え移ったら危険すぎる。

近付くにつれ、光の反射がさらに分かりやすくなっていく。もうわざわざ火力を上げて目を凝(こ)らさずとも、光が反射している位置が簡単に分かる。

「……ん？」

ポーションの側で何か黒い影が揺らめいたような気がして、少し炎を大きくする。

しかし何もなく、見間違いだったようだ。

無事ポーションの側まで辿り着き、一息つく。

ポーションは置いたときのままで、使われた形跡はない。

フェルモンド先生はここには来なかったらしい。

「闇雲に捜しても見つからないだろうしな……」

そう呟いて途方に暮れていたとき、右足に不快な感触があって動きを止める。

下を見ると、俺の足には、人の手のような形をした、半透明の黒いものがまとわりついていた。

手のようなものは地面から生えていた。

「うわッ！」

反射的に右足を上げると、黒い手は今度は左足にまとわりついた。

今度は先ほどよりも強い力で、まとわりつく、というより本当に人の手に掴まれているみたいだ。

黒い手が力を込めたせいで、左足首に痛みが走った。

「どうしたエルティード！」

少し離れた場所にいたラックが、俺の悲鳴を聞いて駆け寄ってきた。

ラックは俺の足を掴んでいるものを見ると、アステルの腕を自分の首に回させ、黒い手を俺から引きはがしにかかった。

しかしラックの協力を得ても、黒い手の力はとても強く、離れてくれる気配はない。

「お前、一体どこからこんなのくっつけてきたんだよ！」

「そんなの僕が知りたいって！」

ぬめりが体につくのも厭(いと)わず、黒い手を足から離そうとする。

ラックも後ろから俺を引っ張った。

「あいたたたた！　一旦止めてラック！」

しかし、足が黒い手からすっぽ抜けることはなく、俺の足が引きちぎれそうになっただけだった。

痛みに顔を歪めると、ラックはすぐに手を離した。

引っ張るのをやめてもなお黒い手の力は強まるばかりで、ギリギリと指が足に食い込んでいる。

もちろん痛みはあるが、耐えられないほどではなかった。

とてもじゃないが、いくら引っ張ったところで離してはくれなそうだ。

引き離すのは諦めて、短剣で切り離す作戦にシフトすることにした。

アイテムボックスに片手を突っ込んで短剣を取り出し、極力俺の足に当たらないよう気を付けながら、黒い手めがけて突き立てた。

「……!?」

ぶにゅり。予想外、そして気味悪い感触に思わず短剣を離してしまう。

確かに短剣は黒い手に突き刺さったはずなのに、当の本人（？）である手は傷一つ負っておらず、ピンピンしている。

落とした短剣を拾い、もう一度黒い手に突き刺す。

しかし結果は同じで、俺の手にはぶにゅぶにゅと、柔らかく、弾力もあるような、不思議で気持ち悪い感触が伝わってくるだけだった。

「どうして……！」

「こいつも多分黒いもやの一部なんだろう、物理攻撃は効かないみたいだ！」

「……じゃあ、魔法なら！　《ファイアボール》！」

魔法名を唱えると、ボッと音を立てて黒い手が燃え上がった。掴まれている俺の足も、じりじりとした熱さと痛みを感じる。

黒い手の掴む力が一瞬緩んだ。その隙にどうにか足を引き抜き、同時に黒い手に火の追撃をくらわす。

黒い手がもがき苦しんでいる間に、ラックとアステルとともに、急いでその場を離れた。

「はぁ、はぁ……なんだよあれ」

怪我はないしそこまで力を使ったわけでもないが、いかんせん心理的にくたびれた。

「油断はするなよエルティード。ここはやつらの領域だ、また急に現れるかもしれない」

「怖いこと言わないで……」

「事実なんだから仕方ないだろ」

確かにそのとおりだが、せかっく逃げきれたところでそんなことを言われては、安心できるものもできなくなってしまうじゃないか。

「ネズロは見つからないし、フェルモンド先生はまたまた行方不明。変な手まで出てくるし、一体どうすればいいんだよ……」

「それもこれも、ネズロが正気を取り戻せば解決するんだが……」

ラックはそう言って目を伏せた。色々なことを知っているラックでさえ、今の状況にはお手上げらしかった。

「僕の力がもっと強かったらなぁ……」

「お前、その考え方は危険だぞ」

ラックはこちらを振り向くと、突然そう言った。

「どういうこと？」

そう聞き返すと、ラックはすぐに話し始めた。

「いくらお前が強くて万能だったとしても、一人の人間ができることには限界がある。最初はよくても、いずれそれは崩れる。俺たちはお前一人を頼ってはいけないし、お前も全て引き受けちゃいけないんだ」

ラックはそう言ったが、俺にはそうは思えなかった。

俺には力がある。だから頼られたら、自分の力でできる限りのことをしたい。

結果的に自分が傷ついたとしても、助けられたならまあいいかな、程度に思っている。

もちろん自分の命は大事だが。

一人の人間にできることには限界がある、それには納得できる。

でも、だからといって困っている人を、助けを求める人を、黙って見ていろというのか。

「その気持ちはよく分かるさ。痛いほどな。でもよく聞け、エルティード。仮にお前一人でなんでも解決できたとする。でも、もしお前がいなくなったら？　もしお前の力が失われたら？　お前に守られ、助けられてきた人々は、いとも簡単にだめになってしまう。今まで自分たちだけでどうにかしたことがないから」

ラックは厳しい。責め立てているとも感じるような声色でそう言った。

確かにラックの言うとおりだ。

俺がいる間、俺に力がある間はいいかもしれない。でもそのあとのことなんて少しも考えたことがなかったのだ。

悔しいが納得せざるを得ない。

「確かにそうだ、ラックは正しい。でも……やっぱり僕にはできないよ。助けを求められたら、見捨てることなんてできない。僕には助けられる力があるかもしれないっていうのに」

「もちろん黙って見ていろとは言わないさ。ただ、無理はするなってこと。人間、協力していくことが大事なんだ。今までも人間はそうやって生きてきたし、これからもそうやって続いていくんだから」

ラックは先ほどとは一転、軽やかにそう言った。

『無理はするな』、今まで家族たちに散々言われてきた言葉だ。今まで守ったことは、ただの一度もなかったけれど。

協力。その言葉を、最近の俺は忘れていたような気がする。

人間として生きていく上で基本だというのに、自身の力を過信するあまり、それを軽視していた。

「分かった。無理はしない、そう誓うよ」

今までの前科がある手前、家族たちには信じてはもらえないかもしれない。でも、今度こそは絶対に無理はしない。俺のためにも、この世界の人々のためにも。

俺はそう誓った。

「おう！」

ラックはニカッと白い歯を見せて笑うと、元気よく言った。

「つい話が長くなっちまったな。悪いなエルティード」

「いや、すごくためになったよ」

「そう感謝されるようなことでもないけどな。俺は俺の考えを言ったまでだし」

ラックはなんでもないようにそう言った。

「それはそうと、まずは学者先生を見つけるのが先決だな。このままじゃ危険だ。あの黒い手には気を付けつつ、引き続き辺りを捜してみよう。もし道に迷っただけなら、きっとまだ近くにいるはずだ。エルティード、火はどこまで明るくできる？」

「……うーん、このくらいかな」

火を燃え上がらせてみるが、最大限まで明るくしても、光が届くのは俺たちの周囲四、五メートルだけだ。これ以上大きくすると安全に扱えない。

「地道に捜すしかなさそうだな」

ラックはそう言って、アステルを抱え直した。

足元からまた妙なものが出てこないか、警戒しながら暗闇の中フェルモンド先生を捜索する。

「やっぱりいなそう……って、うわああ！」

しばらく歩いたところで、何か妙なものを踏み、俺は盛大にずっこけた。本日二度目の悲鳴が、暗闇に吸い込まれていった。

まさかまた黒い手か⁉

そう思って素早く起き上がったあと、注意深く足元を見る。

そこには何か布のようなものが落ちていた。布はぬめりまみれになっており、そのせいで思い切り滑ったのだと分かった。

ひとまず黒い手ではなくて胸を撫で下ろす。

「見事な転びっぷりだったな」

ラックにそんな風に言われたが、無視しておく。

しかし、ここへ来て初めてものを発見した。

何かのヒントになるかもしれないので、ぬめりをなるべく触らないよう指先でつまみ上げ、よく観察する。

「これ、フェルモンド先生の上着？」

ぬめりで汚れているせいで大分みすぼらしくなってはいるが、この色は確かにフェルモンド先生が着ていたものだ。

つまむ場所を変えてみると、ぬめりの中でキラリと輝くものがあった。王家の紋章に、はめ込まれた小さな宝石。

金属でできているそれは、確かに宮廷学者の証であるブローチだった。はめ込まれている宝石は一つ一つ違い、フェルモンド先生のものは、髪と同系色の深い青の宝石……ラピスラズリがはめ込まれていたはずだ。

間違いなくこの上着はフェルモンド先生のものだと断言できる。

上着がここに落ちているということは、フェルモンド先生はきっとこの周辺にいるはずだ。しかし、何故上着を脱ぎ捨てたのかが分からない。

「おい、エルティード！　後ろ！」

「え？」

鋭く叫んだラックの声に、反射的に後ろを振り向く。

その先には、先ほどの黒い手と同じような、しかしそれよりずっと大きい黒い塊があった。というより、いたと言ったほうが正しいかもしれない。それは人の形をしていたからだ。

人型をした黒い塊は、口らしき箇所を大きく開いた。ギザギザとした牙のようなものが剥き出しになる。

「おい、ボサッとしてんな！」

そうだ、観察している場合なんかじゃなかった。

襲いかかられる寸前で横に飛びのき、事なきを得た。

さっきまで俺がいた場所で、強靭な顎がガチン！　と音を立てて閉じられた。まともに受けていたら、肉ごと持っていかれていただろう。想像してしまって鳥肌が立つ。

「ラック、なんだよあれ！」

「知るか！　とにかく逃げるぞ！」

ラックはそう言って踵を返した。すっかり逃げるつもりらしい。

「ちょっと待って、今度はこの近くにいるフェルモンド先生が襲われるかもしれないじゃん！」

「じゃあさっさと戦え！」

ラックは半分怒鳴るぐらいの勢いでそう言った。

見た目からして黒い手の仲間だろうし、物理攻撃は効かないだろう。

黒い手にしたのと同じように、まずは黒い塊に向けて火を放つ。

勢いよく燃え上がるということはないが、燃え移った火は黒い塊に着実にダメージを与えているように見える。

これなら勝てる！　そう思った瞬間、黒い塊はこの世のものとは思えないほど恐ろしいうめき声を上げた。

文字に書き起こせないような音で、聞くものの怒りと恐怖を駆り立てるような不愉快な声だ。

思わず一歩下がった俺たちに、怒り狂った黒い塊が襲いかかってくる。

俺もラックもなんとか躱したが、服の端が焼け焦げてしまった。

黒い塊は俺の攻撃に腹を立てているらしく、縦や横にぐにぐにと揺れながら暴れている。人型を保ってはいるものの、とても人間にはできない動きだ。

「まずいぞエルティード！　こいつ、さっきの黒い手とは比べものにならない！」

「そんなこと分かってる！」

次の行動を起こすべく頭をフル回転させる。

そのとき、黒い塊の中で何かが反射したのが見えた。

目を凝らしてよく見ると、それは金属製の円形の枠に、ガラスがはめ込まれたもののようだ。つまりモノクル。

最悪の可能性が頭をよぎった。

「ラック。あれを見て」

静かに黒い塊の中にあるモノクルを指さす。それを見ると、ラックは目を見開いた。そして顔を歪めた。

「学者先生はもう、黒いもやに呑み込まれちまったのか……！」

ラックは悔しそうに歯を食いしばってそう言った。

さっき落ちていた上着も、フェルモンド先生がもやに呑み込まれるときに落ちたと考えれば納得がいく。

アステルとは違って、フェルモンド先生はいたって普通に見えたのに。

体調が悪そうだったのは、もしかして無理して普通に振る舞っていたのかもしれない。

あの状況で一人でネズロを捜しにいく、なんて不可解なことをしたのは、俺たちに危害を加えまいとして取った行動だったのだろう。

「黒いもやに呑み込まれたら、もう終わりなんだっけ……」

「……ああ。完全に理性を失ったら、もうどうしようもない」

目の前が真っ暗になるような心地がした。そうでなくとも、はなから周囲は真っ暗なのだが。

もうフェルモンド先生とは会えない。

信じられないが、モノクルが黒い塊の中にある以上、それは事実なのだ。

横目で黒い塊の様子をうかがってみる。黒い塊は未だ気が立っているようで、こちらが身動きしようものならすぐにでも襲いかかってきそうだ。

「……」

なんとも言えない緊張感が流れる。息が詰まるような心地がした。

誰もが沈黙を保っていたそのときだった。

「ううん……」

この場に似つかわしくない、愛らしいうめき声が耳に届く。

ラックに背負われている、アステルが発したものだった。

アステルが軽く身じろぎしたのが横目で見えた。

その瞬間、ぐわ、と塊がまるで獲物を捕食するように大きく口を開けた。実際に口はないだろうが、とにかくそんな風に見えた。

そしてそれは俺のほうには目もくれず、ラックとアステルに覆い被さろうとした。

「ラック！」

考える間もなく黒い塊の前に躍り出て、ラックを思いきり突き飛ばす。

勢いのまま床に倒れると、眼前には大口を開けた塊が迫っていた。

間に合わない。

そう悟ったのも束の間、よく通る力強い声が聞こえた。

「炎の精霊よ、今こそ我に力を貸し与えたまえ！　《ファイアボール》」

ごう、と大きな炎の渦が立ち上ったかと思うと、瞬く間にそれが塊に直撃する。

火傷しそうなほどの熱気がすぐ近くを掠めていった。

詠唱を行い、魔法を発動したのはラックだ。

そしてラックは確かに《ファイアボール》と言っていたはずだ。はずなのだが……どう考えたって、ファイアボールの威力なんかじゃなかった。

激しく燃え上がる炎に表皮をジリジリと焼かれ、黒い塊は動きを止めた。慌てて立ち上がり、ラックのもとへ駆け寄った。

ラックは肩で息をして疲労困憊といった様子で、その顔は今すぐ倒れそうなほど真っ青だった。

ちらりと黒い塊を見やる。

あれだけの炎に包みこまれているというのに、力を失う様子はない。今は動きが鈍っているが、炎が消えればすぐにでも襲いかかってくるだろう。

「早く離れなきゃ」

炎の中にきらりと光るモノクルを見なかったことにして、俺たちは急いでその場を離れた。

◇◇◇

どれくらい移動しただろうか。後ろを振り返って炎が見えなくなったのを確認して、俺たちはやっと歩みを止めた。

「エルティード、怪我はないか？」

ラックはまだ青い顔のままそう言った。

自分も余裕がないだろうに、這う這うの体で逃げおおせたあとの第一声がそれとは。

ラックも俺に負けず劣らずお人好しじゃないか。

「僕は大丈夫。それよりラックのほうが顔色悪いよ。とりあえずアステルを下ろしなよ。休んだほうがいい」

そう言って、念のため回収していたマントを敷く。

ラックは壊れものでも扱うようにアステルをそこに横たえると、自身も端のほうに腰かけた。

やっぱりその顔色は悪く、ひどく消耗しているようだった。

「やっちまった。魔法を使えば、こうなることは分かりきってたってのに……」

ラックはぽつりとそう呟いた。

俺に聞かせるつもりはなかったであろうその言葉に、質問を投げかけるべきか否か。

しかし気になる。俺は好奇心に逆らえず口を開いた。

「それってどういう意味？」

ラックは驚いたように顔を上げた。さっき彼が口にした意味深な言葉は、やっぱり無意識に口に出していたみたいだった。

ラックは困ったような顔をしてガシガシと頭を掻いたが、少しして覚悟を決めたように俺の目を見た。

「……ひとまず魔法が使えること、黙ってて悪かった。でも戦力にならないってのは嘘じゃない。何しろ、一回使うだけでこうなっちまうんだからな」

俺は別に気にしていないと伝えたかったが、話の腰を折りそうなのでやめた。

黙って次の言葉を待つ。

話を組み立てているのか、少しの間沈黙が流れる。黙られると実感するが、この暗い空間はひどく静かで、自分たち以外の物音一つしなかった。

「ファイアボールの割には威力が高かったこと、不思議に思っただろ？」

「う、うん」

「どうやら魔力の質が普通とは違うみたいでさ、単純な魔法でも威力が出るらしい。でも元々魔力量が多いわけじゃないから、一回使うだけでこのザマってわけだ。長い間生きているうちに、魔力の質が変質したらしい」

「長い間って……」

ふとあのとき見た、ネズロの記憶であろう映像のことを思い出す。

禁忌について異常なほど詳しくて、老婆であるアーシャと結婚していると言っていた。少なくとも何十年も生きている。

一体ラックは何者なんだろうか。

途端に目の前で笑うラックが得体のしれないものに思えてゾッとした。

そんな風に見てしまった自分に対して、嫌悪感が募る。

「一体ラックはいくつなの？」

「いくつに見える？」

場の空気を変えようと明るく放った質問に対して、ラックは無邪気に笑ってそう言った。

ラックは快活な印象の青年で、二十歳にいくかいかないか、というぐらいに見える。

この世界の成人年齢である十五歳は確実に超えているだろう。

しかし『長い間生きている』という発言、そしてあの映像から見るに、見た目どおりの年齢ではないはずだ。

俺がうんうん言いながら悩んでいると、ラックは苦笑した。

「真面目に考えるなよ。いいかエルティード、女性にこんな質問されても絶対に答えるんじゃないぞ。どう答えようと機嫌を損ねるに決まってるからだ」

経験者は語る。そんなナレーションをつけたくなる雰囲気を醸し出しながら、ラックは言った。

ありがたい忠告は、これからの人生で有効に活用させてもらおうと思い、胸に刻んでおいた。

「まぁ、百歳は確実に超えてるな。もう何年か前から数えるのもやめちまったけど」

ラックはさらりとそう言った。

あまりにも自然に言うものだったから、うっかり聞き逃すところだった。危ない。

「ラックって実はエルフだったの？」

「なわけあるか。俺の耳をよく見てみろ、尖ってなんかないだろ」

ラックは自分の耳を指し示した。普通の人間と同じく、丸みを帯びた形をしていて、エルフの耳のような特徴は見受けられない。

ならば何故百年以上も生きているのか。謎は深まるばかりだ。

「色々聞きたそうな顔だな」

「……まあ、そうなるよね。こんなこと聞かされたら」

踏み込むべきかやめておくべきか、迷っていたのが伝わってしまったらしい。

「聞くのはいいけど、言っとくがそんなに面白いもんじゃないぞ？」

ラックはわざとらしく笑いながらそう言った。

でも話すこと自体が嫌というわけではなさそうで、少し安心する。

「話すと長くなるんだが……俺も禁忌を犯したんだ。ネズロと同じように」

ラックの声のトーンが落とされる。

彼の纏う雰囲気も、心なしか重々しいものになったように感じる。

今俺たちが直面している問題に深く関わっている『禁忌』。

そんな言葉がラックの口から飛び出してくるとは思わなくて、相槌を打つこともできなかった。

「禁忌って言っても、ネズロが行った命の創造みたいに、大それたもんじゃない。ただちょっと自分の体に手を加えただけの簡単なもんさ」

「ラックが……君が犯した禁忌はなんなの？」

「不老不死だ」

ラックは間髪容れずにそう答えた。

「ただ、ちょっと失敗したから正確には不老。頭か心臓を一突きされれば普通に死ぬ。老いないから寿命じゃ死なない、ただそれだけだ。禁忌の代償に苛まれていないのは、不老になったことで生命活動が半ば停止しているから。『人には許されない領域に踏み込んだ罰』は『人ならざる者』となった俺には影響しないらしい。とんちみたいな話だよな」

ラックは説明文でも読み上げているみたいに淡々とそう言った。過去にも誰かに説明したことがあるのかもしれない。

「法と一緒で、世界の理にも抜け道があるなんて、神様もまぬけなところがあるもんだよなぁ」

ラックは暗くなった雰囲気を誤魔化そうとしたのか、わざとらしくおどけた様子でそう言った。

「アステルはそのことは……」

ラックは首を横に振った。

「このことは誰も知らない。少なくとも今この世界を生きているやつらは、誰も。まぁ、もしかしたらネズロは勘付いていたかもな」

その口ぶりからは、かつては知っている人もいたのだろうと思う。あの老婆もその一人だったのかもしれない。

きらりとラックの首元で何かが光を反射する。小さな銀色の指輪だった。

「……どうして。どうしてラックは、不老不死になんかなろうとしたんだよ」

老婆が亡くなったときも、過去のネズロに彼女との思い出を話していたときも、今だって。ラックはとても悲しそうに見える。

周りの人間が年老いて、天に還っていく中、ラックは一人この地上で生き続けなければならない。

経験したことのない俺には分からないが、きっと寂しいはずだ。

人間はいつの時代だって不老不死に憧れてやまないが、一人だけそれになってしまっても苦痛なだけだ。

俺の問いかけにまたラックは笑った。

「もう忘れちまったよ」

それが本当なのか嘘なのかすら俺には判別がつかなかった。

◇　◇　◇

アステルの意識が戻ったのは、それから少しあとだった。

まだ完全には覚醒していないようだったが、伏せ気味の目の色は本来の薄い水色に戻っていた。もう魔眼は発動していないようだ。

「あの……エルティード、ラック、いつの間にここへ？」

パチ、と数回瞬きをしたアステルが、心底不思議そうにそう言った。直前の記憶がないようで、状況を理解できていないらしかった。

「おはようアステル。ええっとその、説明すると長くなるんだけど……」

「俺が説明するよ。エルティードは休んでろ。顔色が悪いぞ」

「分かった、じゃあ任せる」

それだけ言い残して、二人に背を向ける。きっと声は震えていなかったはずだ。

想像よりフェルモンド先生のことがメンタルに来ていたらしい。時間を置いて実感が湧いたのだろうか。

フェルモンド先生がいなくなっても、俺たちがやるべきことは変わらない。

今の俺にできることは、ネズロから黒いもやを切り離すことだけ。そして、それが俺のフェルモンド先生のためにできる一番のことだ。

ラックが先ほどまでの出来事を簡単に説明する。

アステルは案外すぐに状況を呑み込んでくれた。

しかし自身が暴走し、今も黒いもやに呑み込まれかけていること、そしてフェルモンド先生のことには、驚きを隠しきれない様子だった。

混乱からか、忙しなく瞬きを繰り返しながら、アステルはラックの説明を聞き終えた。

「わたくしが眠っている間に、そんなことが……」

アステルの声は不安そうに揺れていて、顔を見ずともひどく動揺していることが分かった。

深呼吸をして、二人のほうに向き直り、タイミングを見計らって口を開く。

「だから、一刻も早くネズロを見つけないといけないんだ。アステルのためにもね。でもなかなか見つからないんだけど……」

そう言って俺は苦笑いを浮かべた。

「闇雲に歩き回っても消耗するだけだし、どうしたもんかな……」

「それならわたくしに考えがあります」

凛(りん)とした声で、アステルはそう言った。

背筋はしゃんと伸びており、片方しか見えない瞳も自信に満ち溢れているように感じる。何やら相当いい考えがあるらしい。

「この魔眼を使いましょう」

アステルが目元に手を添えてそう言う。

「この眼は魔に属するもの——ならば、もとを同じくする魔力を捉えられるかもしれません」

アステルの右目が、再び怪しい紫色に染まっていく。辺りが暗いせいで、アステルの眼が一層光り輝いて見える。

そういえば、俺がアジトに捕らえられて魔法を発動しようとしたとき、アステルは俺の些細な魔力の変化を感じ取っていた。

あれはアステルの眼に魔力が見えていたからだったのか？

「わたくしのこの眼は、おそらく黒いもやと近しいものです。必ずやネズロ様のお姿を捉えてみせます」

アステルはそう言い切った。

心なしかラックの表情が曇ったような気がした。

それにしても、アステルが起きてくれて助かった。そうでなければ、また今頃暗闇の中を歩き回るはめになっていただろうから。

「お二人とも、覚悟はよろしいですか」

「うん」

「ああ」

アステルは俺たちが頷いたのを確かめたあと、暗闇の向こうに目を向けた。

キィン、と頭の中で魔眼が発動される音がした。

鼓動が速くなるのがよく分かる。

いよいよネズロと相対するのだ、という緊張感と不安だろう。

頼れるのは自分のよく分からない力だけ。それも、自身が危険に晒される可能性がある。それでもやるしかない。失敗は許されない。

アステルがはた、と動きを止めた。その目はただ一か所だけを見据えている。

「――見つけました」

アステルは腕を真っ直ぐ伸ばして、緩慢な動作で見つめている方向を指さした。

心臓が大きく一回脈打つ。

アステルが指さしたその方向には、ネズロがいる。苦しいぐらいに鳴っている心臓を抑えつけて、ゆっくりとそちらに視線を向けた。

いよいよ、この暗闇に別れを告げるときが来た。

9

息を切らしながらアステルが示した方向へと走る。光を灯すことも忘れていて、辺りは真っ暗だったが、方向を見失うことはなかった。

少し後ろからは二人分の足音が聞こえてきていて、アステルとラックが俺の後ろを走っていることが分かる。

思考も、視界も、何もかがクリアで研ぎ澄まされている。過度な緊張から来たであろうそれは、恐怖を少しだけマシにしてくれた。

暗闇がどんどん濃くなっていき、やがて足音しか聞こえなくなる。暗闇の中をただひたすらに走る。

やがて辿り着いた場所は、息が苦しくなるほど重苦しい何かに包まれた場所だった。

瘴気(しょうき)とでも言えばいいのだろうか。

人を寄り付かせない、暗く淀んだ雰囲気をしている。

アステルとラックも俺に追いついたようで、聞こえていた足音が止まる。

何も見えない暗闇の中で、何かがうごめく気配を感じた。その気配はおぞましくて、全身に鳥肌が立つ。

ずず、と何かを引きずるような奇妙な音が聞こえてくる。

それはこちらの様子をうかがっているのか、すぐさま襲いかかってくる気配はなかった。

しかし少しでも動いた瞬間殺されそうな、危険な殺気を放っている。

こんなに暗いままでは戦うことなんてできやしない。けれど相手はこちらの動きが見えているのだろう。

ボッと音を立てて大きな火を灯すと、暗闇の全貌が露わになる。

目の前にはドス黒く巨大な、おぞましい形をした怪物（ネズロ）が立っていた。黒くぬめった体表が、気味悪く光を反射している。

しかしそれ以上観察している間もなく、無数の黒々とした刃が怪物の体表から生み出され、俺たちのもとへと飛んでくる。

俺の位置を把握した二人は、この一瞬で俺のすぐ側に飛び移る。

それを確認してから、魔法を発動する。

「《結界》！」

降り注ぐ刃が結界にぶつかってけたたましい音を立てている。

「こんなんじゃ集中する隙が……！」

《デリート》を発動するためには、意識を集中する時間がそれなりに必要だ。しかしここまで猛攻撃されたらそんな隙なんてありゃしない。

しかし怪物は俺の気持ちなんて露知らずといった風に、無数の刃を生み出し続ける。

「エルティード、下がってろ！」

ラックがそう叫ぶなり詠唱を始める。先ほどと同じくファイアボールの詠唱だ。

しかし先ほどとは異なり、無数の火の玉がラックの周りに浮かぶ。そしてそれらは一斉にネズロに向かって放たれてゆく。

「不遜なる者よ――」

同時に前に歩み出たアステルも魔眼を発動させる。

怪物の動きが少し鈍るが、やはり完全には効いていない。

しかし、それで十分だ。

ラックが放った火の玉が怪物に着弾する。炎が燃え上がり、怪物はもがき苦しんでいる。イメージを構築するのに足りるぐらいの時間ができた。

この黒いもやを、塵一つ残さず全て消し去る。そんなイメージを持って、俺は魔法名を口にしようとした。

「《デリ――》」

しかしその瞬間、目の前に大剣が迫ってきた。その距離はおよそ数センチもない。詠唱を中断し、結界を展開しようとするがもう遅かった。

「時空を司りし精霊よ！」

そんな詠唱が聞こえた瞬間、ふっと避けられないはずだった大剣が消える。アステルが空間魔法を発動したようだった。

大剣……やけに嫌な予感がして、怪物へと視線を戻す。

そこには大きな怪物ではなく、ネズロの姿があった。しかしどう見たってその目に正気の色は戻っていない。黒い瞳に光はなかった。

ゆらりとネズロの姿が蜃気楼のように揺れる。ネズロはその手に黒く鋭い大剣を握っていた。

原理はこれっぽっちも分からないが、まずいことになった。

どう考えたってあの怪物よりも、小回りが利き技量もあるネズロのほうが厄介に決まっているからだ。

「……なぁ、お前ら」

アステルとラックもそう考えているのか、表情を硬くしている。

聞こえたのはネズロの声だった。驚きに目を見開く。まさか喋ることができるとは思っていなかったからだ。

「アステル、ラック。どうしてオレに同意してくれない？　アステル、お前の命を救ってやったのはオレだ。それにラック、禁忌に手を染めるよう導（みちび）いたのはお前じゃないか」

ネズロは不気味なほど静かな声でそう言った。

一歩前にいるアステルとラックの表情は俺からは見えない。ただ、二人とものの白くなるほど握りしめた拳から、その心情はある程度察することができた。

ネズロの記憶を見た限りでは、彼はきっとこんなことを言う人ではないはずだ。これも禁忌を犯した影響に決まっている。

けれど今の彼が言っていることもまた事実だ。アステルを助けたのはネズロだし、禁忌を為す手助けをしたのは確実にラックだ。

「二人とも、どうしてオレに背く？　オレたちをひどい目に遭わせてきたのはいつだって貴族どもだったじゃねぇか。重い税に身分差別、都合が悪くなれば手段を選ばず自らの保身に走る。復讐したいと思ったことが一度もないわけがない。そうだよな？」

ネズロは語気を強めてそう言った。アステルが目を逸らし、ラックが俯く。

だからって復讐に走るのは間違っている。

彼らの苦しみを体験していない上、貴族である俺にそんなことを言う資格はない。俺がどう思おうと、その要因を作ったのは俺たちかもしれないんだから。

「なぁ二人とも。なんとか言ったらどうなんだ。なあって！」

ネズロがそう問いかけても、アステルもラックも何も答えなかった。ネズロが不機嫌そうに顔をしかめる。

「アステル、お前を貶めたのは間違いなく貴族だろ？　お前にその刃を向けたのだってそうだ。ホムンクルスにならざるを得なかったのも、全部あいつらのせいなんだぞ！」

「そんな……」

アステルがさらに手を握りしめたのが見えた。あんなに握りしめては爪が食い込んで痛いはずなのに、アステルはその手を緩めない。

「ラック。いつか話してたじゃないか。こんな国は間違ってるって」

ラックが顔を背ける。しかしネズロは話すのをやめない。

「それに、オレに禁忌への道を指し示したのは他の誰でもないお前だろ？　大切な人を失ったときにああ言われて、頷かないやつがいると思うか？　そんな愚か者は世界中を探しても見つからないだろうな！」

ネズロは声を荒らげてそう言った。

「……確かにネズロ、お前の言うとおりだ。それに関しては俺に責任がある」

「だろ？　ならお前も――」

「けど、だからこそ今のお前を見過ごすわけにはいかない！」

ネズロの雰囲気がより刺々しいものに変わる。空気がピリつき、あまりの緊張感に息苦しささえ感じる。

気付けば俺は一歩後ろに下がっていた。

無意識に体が逃げようとしているのかもしれなかった。けれどそれを押さえつけて、短剣を握り直す。

「出でよ大剣、纏うは紫雷。下されるは神の鉄槌！」

ネズロが手に持つ大剣が雷気を帯びる。紫色の小さな稲妻が現れては消えていった。

随分と型破りで、聞いたことのない詠唱だった。

精霊に呼びかけることもなければ、力を乞うこともない。それに神の鉄槌なんて傲慢な文句、教会の人間が聞いたら卒倒してしまうかもしれない。

「《執行剣》」

ぶわ、と大剣から雷が溢れる。

耳障りな音がひっきりなしに鳴り続け、いくつもの閃光が瞬く。

ネズロは一瞬のうちに数歩分はあった俺たちとの距離を詰めると、雷と化した大剣を振り下ろさんとする。

狙われたのは俺ではない。アステルとラックだった。

結界を展開する間も、声をかける間すらなく、大剣は振り下ろされる。その様子がスローモーションのように見えた。

無意識のうちに手を伸ばすが、その手が届かないうちに雷は二人を撃ち抜いた……かと思われた。

「ッ……！　なんだよその詠唱、生きてる中で初めて聞いたよ……！」

ラックが苦しげな声でそう言う。ラックは一瞬のうちにアステルを背後に庇い、その身をもって大剣を受け止めていた。

ボタボタと鮮血が滴る。しかしラックは笑みを崩さない。

「エルティード、今だ！」

そう言われて我に返った。

先ほど作り上げたイメージがあったおかげで、短い時間で済んだ。

人には許されない領域へ踏み込んだ罰。禁忌の代償。人の負の感情を増幅させる黒いもや。

神様がこの世界を作ったならば、何故こんなむごいことをするのだろう。

ネズロもラックも、アステルを救いたかっただけなのに。誰も何も悪くないはずなのに。

「ッ、《デリート》！」

◇　◇　◇

それからは目まぐるしいほどに早かった。

黒いもやで構成された空間は、ボロボロと崩れ落ちるようになくなっていった。瞬きをして、次に目を開いた瞬間には、俺たちはもとの場所――王都の崖上に立っていた。

一か八かで使った魔法は、無事成功したようだった。

もやに入ったときは日が暮れそうだったのに、太陽は高く昇っており、一夜が明けていた。

アステルとラックの姿を捜そうとした瞬間、視界がぐらりと傾いた。そういえば、この力を使うと倒れるんだった。すっかり忘れてしまっていた。

しかし、気力だけでどうにか意識を保ち、地面に頭を打ち付けることはなかった。それでももうろうとした意識は、あと少し持つか持たないかといった具合だ。ふらつく体を叱咤し、二人の姿を捜す。アステルとラックは二人一緒に、少し離れた場所に放り出されていた。

狭窄する視界の中、どうにか力を振り絞って二人のもとへ駆け寄る。

「ラック、ラック！　しっかりしてください、ラック！」

アステルが真っ青な顔でそう呼びかけている。

ラックが呼吸する度にヒュウヒュウと風のような音が聞こえ、腹から流れ出た血が地面を赤く染めている。

「エル、ティードか」

「すぐに回復魔法を……！」

《デリート》を使って、魔力も体力も残っていないことは分かっていた。

こんな状態で魔法を使うのは危険だ。

それでも、目の前で刻一刻と消えていくラックの命をただ見ていることはできなかった。

しかし傷口にかざした俺の手は、ラックによって払いのけられてしまった。

「どうして……！」

「いいんだ、俺は。本来ここにいちゃいけない人間なんだから」

ラックは何故か微笑みながらそう言った。

「それに、そろそろ終わりにしようかと思ってたから、むしろちょうどよかったよ。これでやっとアーシャに会える」

ラックは弱々しくて聞くのも辛いような声でそう言った。

「それ以上喋るな」

俺がそう言っても、ラックは少しも聞いてはくれない。

こいつは俺の気持ちなんて知ったこっちゃないらしい。

「ラック、それは……あなたは一体」

アステルがわけが分からないといった様子でそう尋ねる。

ラックは何も言わずににこりと笑うだけだった。

「アステル、悪いが席を外してくれないか」

「何故そんなことを言うのです！　わたくしは――」

アステルはそこまで言うと、ぐ、と唇を噛み締めた。そして一礼すると、少し離れた場所へと歩いていった。

「ラック、どうしてあんなことを言うんだ。アステルは、君のことも大切に思ってるんじゃないのか。ラックだって、アステルのこと……」

「黒いもやに呑み込まれた影響で、ネズロの記憶でも見たのか？」

ラックは掠れた声でそう言った。図星で黙り込む俺に、ラックはまた笑う。

「いいんだよ。これから長い人生を歩んでいくアステルにとって、枷（かせ）は少ないほうがいい。俺はただのラックでいいんだ」

ラックの言っていることはどう考えたって自分勝手な言い分だった。けれどそれが彼の決めたことならば、俺に口出しはできない。

「……俺が不老不死に手を出した理由はな、最後までアーシャや村の皆と一緒にいるためだったんだ。俺は体が弱くて、この先何年生きられるかも分からなかった。だから色んなことを調べた。運がいいのか悪いのか俺は理論を完成させて、それを実行した。先の先のことなんて考えもしなかった。でも、村はなくなりアーシャもいなくなった今、俺が生きている理由はもうない」

俺は今すぐにでも回復魔法をかけてしまいたかった。けれど、できなかった。

ラックがとても満足そうな顔を浮かべていたからだ。

そこでラックは咳き込んだ。

大量の血が吐き出され、ラックの目がますます虚ろになる。

「最後に大切な人を守って死ねるんだから、男としては最高の死に方だ。まあ、いくらアステルとはいえアーシャの次だけど。でも、本当の娘ぐらいに大事に思ってたよ」

ラックはところどころ咳き込みながらそう言った。

「ラック」

後ろから声が聞こえて振り向くと、そこにはアステルがいた。

アステルは静かに涙を流していた。

「あーあ、せっかくかっこよく決めようと思ったのに、全部聞かれてたってのか」

「……本当に、それでよいのですね」

「ああ。もう決めたんだ」

ラックは迷いなくそう言い切った。

アステルはラックの目をじっと見ている。

それでもその視線はどこまでも真っ直ぐで、悲しみにまみれてなどいない。

アステルが忘れてしまった記憶を思い出したのか否かは俺には分からない。

ラックも、アステルにいつもどおりの視線を返した。

「またなアステル、エルティード。短い時間だったけど、すごく楽しかったよ」

ラックは今まで見た中で一番の笑みを浮かべると、そのまま目を閉じた。

俺は呆然とその一連の流れを見ていた。緊張の糸が切れたせいか、急激に意識が遠のく。

それに抗う力もなく、遠のく意識に身を任せた。

10

「お前……わしが与えた力を、関係のないことに使いおったな。この、この！」

ぺちぺちと力のこもっていない拳で叩かれた感触があって、目を開ける。

俺と同様、白髪に紫色の目をした少女……おそらく神様であろう人物の顔が、どアップで目の前に映し出される。

「お、今回は存外早く目を覚ましおったな」

少女はそう言って俺から離れた。

辺りはまたお決まりの真っ白い空間だった。ここに来るのも三度目になり、いい加減この状況にも慣れてきた。

「俺、やっぱりまた死にかけたんですか？」

「理解が早くて助かるわ。その力は、本来ならばそう易々と使うようなものではない。なのにお前は、短期間に二度も使いおって！」

少女は腰に手を当て、わざとらしく怒ったような顔をした。

「あはは……」

誤魔化すように笑うと、少女はますます目を吊り上げてみせた。

しかしもとが可愛らしいものだから、いくら怒った顔をしたところで少しも怖く見えない。

「こほん、それについてはまぁよい。今回はお前が早く目を覚ましおったから、まだ時間に余裕がある。ほら、色々と聞きたいことがあるのではないか？」

少女はチラチラとこちらを見ながらそう言った。

まるでかまってほしがっている子供のような言動だ。

転生するときはだめだったが、今回は質問を許してくれるらしい。それどころか求められているようだ。

「ほれほれ、はよぅ聞かぬと送り返してしまうぞ」

「分かりましたよ。聞きたいことは山ほどあるんだから、今送り返されちゃたまらない」

わざと大きくため息を吐くと、少女は頬を膨らませた。これ以上怒らせては質問を許してもらえなくなりそうだったので、からかうのは一旦やめにした。

「じゃあ、単刀直入に聞きます。あなたは、千年に一度の『災厄の日』から世界を守るために、別の世界の人間に特別な力を授け、転生させている。そして世界を救ったら、本来ここにいるべきでない俺は消えることになる。俺も、千年前にいたという聖女もその一人。違いますか？」

「たまげたな。よくもまぁ、自分だけでそこまで調べ上げたものじゃ。流石わしの見込んだ魂。じゃが、一つだけ違うことがある」

「……違うこと？」

てっきりこれで正解だと思っていたが、一体どこが違うのか。

場合によっては、『災厄の日』に向けての対策を根本から見直さなければいけなくなる。もちろん俺の心構えもだ。

「此度来るものは、『災厄の日』などという生ぬるいものではない」

先ほどまでの緩んだ空気から一転、張り詰めたものへと変わる。

少女の真剣な様子に、固唾を呑んで続きを待った。

「『終末』じゃ。この世界に訪れるものは」

「しゅう、まつ……」

想像以上の言葉に、俺はオウム返しをすることしかできなかった。

終末。つまり世界の終わり。少女の言葉をもう一度なぞって、どうにか言葉の意味を理解する。

『災厄』でさえ十分物々しかったのに、『終末』と来たか。

それこそ終わり、ジ・エンドじゃないか。

「わしの力が足らぬせいで、この世界を維持できぬのだ。『災厄の日』が発生するのも、元々はわしの力不足じゃった。しかし千年前にいつものように力を授けた人間を送り込んだ日を境に、わしの力はさらに弱り始めた」

少女は物憂げに視線を落としてそう語った。

混乱で半分ぐらい頭に入ってこなかったが、どうにか理解しようと努める。

頭がくらくらした。

「やがてこの世界は終わる。そう察したわしは、お前に最後の力を託し、この世界を救うべく送り込んだというわけじゃ」

「……というわけじゃ、で済むか！」

言いたいことはたっぷりとあったが、まず最初に飛び出てきた言葉はそれだった。勢いあまって、前につんのめりそうになる。

そんな重すぎる使命を、俺に託さないでほしい。しかもそんな簡単に。託された側はたまったもんじゃない。

『災厄の日』でさえ気が重いっていうのに、終末ときたらなおさらだ。

「ていうかそんな重要なことなら、最初に説明しろよ！」

「まあまあ落ち着け。あのときはお前が眠りこけておった上、状況説明に手間取ったせいで時間がなかったのじゃ、仕方なかろう。というわけだから、あとは頼んだぞ」

「あとは頼んだぞ、じゃない！　ていうか、たとえ終末を食い止められたとして、役目を果たせば俺は消えるんだろ！　なんてことをしてくれたんだ！」

世界を救うのを押し付けられるまではまだいい。

けれど、それを成し遂げたら跡形もなく消えてしまうのだ。こんな辛い思いをするぐらいなら、転生なんてしたくなかった。

「……それについてはすまぬと思っておる。残酷なことをしておるのは事実だ。いくらでもわしを罵るといい」

急にしおらしくなった少女に、言葉が出てこなくなる。それはずるいと思う。そんなことを言う相手を罵ることなんてできない。

それに、もう転生してしまった以上、どうしようもないのだ。この少女に当たっても今更仕方がなかった。

「ああ、今回もそろそろ時間が来てしもうた。ほれ、さっきまでネズロとやらとの攻防戦がクライマックスじゃったろう。さっさとエピローグを演じてこい」

「って、やっぱり楽しんでるだろ！」

その言葉を最後に俺は光に包まれてしまい、続きの文句を言うことは叶わなかった。

◇◇◇

目を覚ますと、目に入ったのは見慣れた自室の天井だった。

窓の外は真っ暗になっており、夜まで眠っていたらしいことが分かった。

アステルが空間魔法でこの家まで運んでくれたのだろうか。アステルも疲れきっていただろうに、申し訳ない。

ギリギリまで耐えていたせいか、気を失う前の記憶も鮮明に覚えている。

今になって、ラックとフェルモンド先生を失った実感が湧いてくる。

やりきれない気持ちを逃がすように、思いきり拳を握りしめた。爪が食い込んで鋭い痛みが走るが、今は痛いぐらいがちょうどよかった。

その上、やってくるのが『災厄の日』ではなく『終末』だなんて。

あの少女も、もう少し伝えるタイミングを考えてくれ。今ぐらいゆっくり悲しませてほしいのに、そのことが脳裏にチラついてしまう。

体はすっかりもとのサイズに戻っている。

魔法を維持する魔力がなくなってしまったためだろう。

だるさを訴える体を無理やり起こし、ベッドから這い出る。今は早く状況を把握したかった。もしかして、全て夢だったのでは、という淡い期待もあった。

終末のことを伝えるのは、ネズロの件が全て片付いたあとにしよう。そう決めて、そのときが来るまでは胸の内にしまっておくことにした。

トントン、と軽い音を立てて階段を下りていくと、居間の扉の隙間から明かりが漏れていた。

そっと扉を開けると、そこには父様とアステルがいた。二人は俺がやってきたことに気付くと、話を中断した。

「目を覚ましたのですね。体のほうはいかがですか？」

「うん、もうすっかり元気だよ」

「急に目の前で倒れたものですから、心配していたのですよ」

「そ、それについてはごめん……」

使ったあと倒れることを覚えてさえいれば、事前に伝えておいたのだが。

でもすっかり元気なのは本当だ。

今回は体が透けるといったこともなさそうだしひと安心だ。

「事の顛末はアステルから聞いた。色々とお疲れ、エル……」

父様は声のトーンを一段階落としてそう言った。

父様も何があったのか、ある程度把握しているのだろう。この悲しい出来事に、心を痛めているようだった。

視線は床に落とされ、普段のような覇気は見当たらない。

「何があったのか気になっているんだろう」

父様は俺の考えていることを見透かしているかのようにそう言った。まさに今質問しようとしていた内容だ。

「……はい。あのあと、一体どうなったんですか？」

気絶する前はラックのことに気を取られていて、他のことまで考えられなかった。

そのあとネズロやフェルモンド先生……そしてラックがどうなったのかは分からない。

そしてもし無事ならば、ネズロの処遇はこれからどうなるのか。

一刻も早くそれが知りたかった。

それと……黒いもやに取り込まれてしまったフェルモンド先生のことも。もしかしたら無事であってくれないだろうか、という希望を捨てきれない。

「事実を告げるから、お前には酷な報せになるかもしれない。それでも聞くのか？」

俺が頷くと、父様は気の進まない様子で話し始めた。

「ネズロとフェルモンドは未だ行方不明のまま、ラックという若者は……残念ながら命を落とした」

父様は言いづらそうにそう告げた。二人とも行方不明で、未だ見つかっていないということは……

一番悪い可能性を考えてしまった。

しかし、まだそうと決まったわけではない。今は落ち込んでいる場合じゃないんだ。

「アステル、君の家名はルーゼベルクだよね？」

話題を逸らすべくそう言うと、アステルが驚いたように目を見開く。

どのみち明かさなければならないこととはいえ、追い打ちをかけるようで申し訳なかったが、これははっきりさせておかないといけない。

「はい。実を言うと、ラックに最後の別れを告げたあと、全ての記憶が戻りました。わたくしは確かにアステル・オズ・ルーゼベルクですが……何故それを」

「黒いもやに入ったときに、ネズロの記憶らしきものを見たんだ。覗き見するみたいになってごめん。でも、僕の見たことが本当なら……ルーゼベルク家がやったことは法で裁かれなければいけないことだ」

アステルに俺の見たことを説明する。

残念なことに、全て事実のようだった。ルーゼベルク家の第一夫人は、許されない罪を犯している。

父様は確認を取っていく俺の横で、神妙な顔でそれを聞いていた。

「……話途中にすまない。もしそのことが本当ならば、それは上に報告しなければならないことだ。諸々のことは調査をしてからになるが……」

父様は俺たちの話が一段落したタイミングを見計らってそう言った。

父様がアステルにあれこれ確認を取り始めたので、俺の出番はここで終わりだ。

おせっかいだったかもしれないが、後ろ盾のないアステルが一人で貴族であるルーゼベルク家を訴えることは難しい。だが辺境伯であり、国王の親族である父様なら、下手な権力が介入することもなく罪人をあぶり出すことができると思ったのだ。

「……そうだ、アステルは今日も泊まっていくんだよね？」

部屋を去る前にそう聞くと、アステルは首を横に振った。

「いいえ、お話が終わりましたらわたくしは帰ることにします。親切にしていただきありがとうございました」

アステルは申し訳なさそうにそう言った。

引き止めるのも不自然なので、俺は名残惜しいながらも何も言わずにそのことを了承した。

ネズロのことが一段落ついた今、しばらくは彼女と会うことはないだろう。場合によっては、もう二度と会わないのかもしれない。そう思うと、もっと気の利いた別れの言葉をかけるべきだったかもしれない、と今更後悔した。

◇　◇　◇

自室に戻り、乱雑な動作で扉を閉める。心臓がバクバクと鳴り響き、冷や汗が背中を伝っていく。

「まさか……まさか、俺がこの手で二人を？」

父様とアステルの前では平静を装っていたが、一人になった途端、とんでもないことをしてしまったのではないかという考えが、頭の中をグルグル回る。

何故《デリート》を発動する前にこの可能性に気が付かなかったのだろうか。

確かに、俺は黒いもやだけを消し去るようイメージした。けれどあのとき、ネズロとフェルモンド先生は、完全に黒いもやに呑み込まれてしまっていたのだ。

もしかしたら、俺が二人を消し去ってしまったのか……？

捜索は続いているだろうに、未だ二人が見つかっていないということは、きっとそういうことだ。

クラクラと眩暈がして、目の前の景色がゆがむ。

「いや、まだ分からない。何か、何か方法があるかも……そうだ、ネズロの研究室になら手がかりがあるかもしれない」

自分を落ち着けるように数回深呼吸をしてから、ネズロの研究室に転移する。

辺りが真っ暗でランプを探すことすらままならなかったので、引火しないよう注意を払いながら、魔法で明かりを灯した。

ここも調査が入ったのか、俺たちが来たときとはところどころ、物の置き場所が違った。

分かりやすいようまとめたらしく、あちこちに散らばっていた資料や紙片は一か所に固めて置いてある。

はやる気持ちを抑えて、その資料の山を一つずつ崩していく。

しかしどれも禁忌についての研究のことを書いたものばかりで、黒いもや、禁忌の代償について書かれたものや、役に立ちそうなものは見当たらない。

「そんな……」

絶望感に包まれながら、部屋の真ん中にある、幾何学模様を組み合わせて描かれた魔法陣をじっと眺める。

俺が見たネズロの記憶では、ネズロはずっと前から一人で禁忌についての研究を続けていたようだった。決してアステルをホムンクルスにすることが目的だったわけではない。

「……見落としてた。ネズロには、何か別の目的があったんだ」

考えを口に出してみると、ますますそんな気がしてきた。

今まではアステルと黒いもやに関して注目していたせいで気が付かなかったが、こうして振り返ってみるとそうとしか思えない。

俺は綺麗に積み上げられた資料の中に手を突っ込んだ。きっとこの中にヒントがあるはずだ。というか、あってもらわないと困る。

目的のものは案外すぐに見つかった。

そこには命の創造についての研究結果と、その目的が書かれていた。命の創造とは理論の完成形で、実際にはネズロはその途中のものを利用しようとしていたようだった。

『目的』と大きく書かれた項目にはこうあった。

『貧しい人たちを助けること』

命の創造は生命について深く理解していないと成すことができない。その原理は病を治すのに役立つはず。

ネズロが命の創造を研究していた理由は、病が流行りやすい裏通りにおいて、薬を買えず弱っていく人たちを助けるためだったのだ。

それ以外に特に気になる箇所はなかったため、資料をもとの場所に戻そうとしたときだった。

『禁忌の代償への対抗策について』、と書かれたページを発見した。

そこのページは後から急いで書き込んだのか、他と比べて乱雑な文字で書かれている。

ラックの助けを得ながらこれを書いている場面はなかったから、禁忌を犯したあとに何かに気付いたネズロが書いたものかもしれない。

『俺はもう禁忌の代償に犯されているらしい。あとで見るかもしれない誰かのために、これを書き残しておく』

そのページはそんな書き出しから始まり、延々と黒いもやについての説明が書かれていた。

ほとんどはラックが言っていたことと同様のことが書かれていたが、少しずつ違う部分があった。

ネズロは自身が暴走した場合のことも想定したらしく、なんと黒いもやが増大し、人が呑み込まれた場合の対処法についても書かれていた。

ラックは完全に呑み込まれてしまえば助け出すことは叶わない、そう言っていた。しかしそのページに書かれていることは違った。

ラックとネズロの考えが融合した結果、新たな可能性を発見できたのかもしれない。

俺にはよく分からないが、そこには禁忌にならない範囲で命の創造を応用うんぬんと書かれていた。

けれどネズロもフェルモンド先生も俺の手によって完全に消されてしまったのならば、せっかく見つけたこの情報も意味のないものになってしまう。

……それでも、試せることがあるだけ、さっきよりはましだ。

「エルティード？　何故ここに……」

少しだけ希望を取り戻した瞬間、名前を呼ばれて顔を上げる。そこには今さっき別れたはずのアステルがいた。

「どうしたのですか？　ものすごく顔色が悪いですが……それにそれ、ネズロ様が書いたものですよね？」

相当ひどい顔をしていたのか、アステルは心配そうにそう言った。

少し迷って、俺が考えていたこと、そして今からやろうとしていることについて、簡単に説明する。

「ごめん、アステル。もしかすると、僕は君の大切な人も……」

「謝罪は不要です。今回の件は誰も何も悪くないのですから。それに、まだ試せることがあるのでしょう?」

アステルはきっぱりとそう言った。

それから二人でそのページを何度も何度も読み込んで、なんとか少し理解したところで、俺たちは以前黒いもやに入った王都の外れの崖の上に移動した。

そして、研究室に描いてあったのと同じ魔法陣を地面に描き、その上に乗る。

「大切なのは現世との繋がり……だったよね」

「ええ。二人でなければ、成すことのできない術式です」

アステルは手元の資料をもう一度覗き込んでそう言った。

もし黒いもやに取り込まれてしまった場合、記憶をもとに魂を見つけ出し、一方がその魂を繋ぎ止めている間に、もう一方が肉体の再構築を行う術式を発動し定着させる、と書いてあった。

これは命の創造の術式をもとに、ネズロが独自で考え出した方法だ。

これを実行したって、誰も戻ってこないかもしれない。

失敗して、俺たちが禁忌に触れる可能性だってゼロではない。何もかもの可能性が低くって、危険性ばっかりが高い、とんでもない賭けだ。

それでも、俺たちはこれを実行せずにはいられない。それぞれの大切な人のために。

「どうか成功してくれ……！」

「お願い……！」

魔法陣に手を当て、俺はフェルモンド先生の姿を思い描く。アステルはネズロの姿を思い描いているはずだ。

鮮明に、克明に、ありったけの思いと情報を頭の中に思い描く。

ルナーレ・フェルモンド。

フェルモンド家の次男で、天才宮廷学者で、いつも俺たちに勉強を教えてくれた先生。

ときには鬼のようで、勉強を教わることに苦労したこともあったけど、全て俺たちのためを思ってやってくれたことだった。

いや、自分の好きなことを語りつくしたいという私利私欲もあった気もするが……

紺色の髪にモノクルをかけていて、いつも少し困ったような笑顔を浮かべている、優しくも聡明な人物。

それがフェルモンド先生だ。

魔法陣の中心に置いた手が、アステルのものと重なる。

グッと体中に力を込めて、魔法陣へとありったけの魔力を流した。

《デリート》を使ったあとだからガス欠だったが、それでも足りてくれたようで、魔法陣が光り輝き始める。ネズロの記憶で見たものと同じだ。

「ぐ……！」

体内の魔力をねこそぎ持っていかれるような感覚がして、思わずうめき声が漏れる。アステルも同じようで、額には玉のような汗が浮かんでいる。

「あともうちょっと……！　アステル、まだいける？」

「……わたくしを、舐めないでください！　大切な人のためならば、この程度問題ありません！」

重ねられたアステルの手によりいっそう力が籠められる。下にある俺の手が痛むほどだ。

魔法陣が一際強く輝いたかと思うと、最後にもう一度、一気に魔力を持っていかれる感覚があった。

術の結果を確認することもなく、ドッと後ろに倒れ込む。

気絶一歩寸前といった俺の視界に映りこんだのは、光を反射するモノクルのレンズだった。

「あれ、ここは……って、エルティード様、大丈夫ですか⁉」

フェルモンド先生がそう叫ぶ。

「うるせぇぞ、ルナーレ」

そう言った声はネズロのものだ。

術は無事成功したのだと、起き上がれないままに実感する。

「よかった……本当によかった……」

ヨロヨロと立ち上がると、思わず泣き出しそうになってしまって、顔を歪めて堪える。

「どこか痛むんですか⁉　そして一体何があったんですか、エルティード様！」

慌てふためくフェルモンド先生がおかしくって、今度は笑ってしまう。どうやら記憶が飛んでいるようだ。

思わず笑ってしまった俺を見て、フェルモンド先生はますますわけが分からない、といった風な顔をしている。

「少しは落ち着け、ルナーレ。お前は昔っから落ち着きがないな」

「……ネズロ、もとに戻ったのですか？」

「オレはいつもこんな感じだが……」

「いえ、間違いなく昔のネズロだ」

フェルモンド先生は心底驚いているようだった。

確かに、俺が知っているネズロとは雰囲気がまるで違っていて、フェルモンド先生とアステルから聞いていたとおりの優しい人物に見える。

「ネズロ様」

疲れきっているだろうに、凛と背筋を伸ばしたアステルがネズロの名を呼んだ。

「ご無事で、何よりです」

「……ああ」

ネズロとアステルは、それ以上のやり取りをすることはなかった。けれど、二人の間には確かに絆のようなものが感じられた。

◇　◇　◇

ネズロはそのあと、俺たちが呼んだ衛兵によって連れられていった。

説明に手間取ったもののなんとか話し終え、詳しい話はまた後日、ということで衛兵たちは去っていった。

これからの彼の処遇がどうなるのかは分からない。

けれど、できる限りよいものであることを願う。アステルとフェルモンド先生のためにも。

今回の件は誰も何も悪くなかった。けれどこんなにも大事になり、犠牲者を出すまでに至ってしまった。

聖女の件、『災厄の日』改め終末のとき。

これからも向き合っていかなければならない問題は山ほどある。

こんなことで落ち込んでいてはきりがないかもしれない。けれどやっぱり悲しまずにはいられない。

ラックにも言われたとおり、無茶はせず、それでも俺にできる限りのことをしていきたい。

もちろん聖女としての役目をはたして消えるだなんていうのはごめんだし、死ぬのだっていやだ。

けれど俺は、俺の大切な人のために、これからもできる限りのことをしたい。

やってくるのが、たとえ終末の日であっても。

万能な【神力】で、捨てられた街を理想郷に!?

俺だけに見える女神と＼マイペース／

救済生活はじめます！

教会都市パルムの神学校を卒業した後、貴族の嫉妬で、街はずれの教会に追いやられてしまったアルフ。途方に暮れる彼の前に現れたのは、赴任先の教会にいたリアヌンという女神だった。アルフは神の声が聞こえるスキル「預言者」を使って、リアヌンと仲良くなると、祈りや善行の数だけ貯まる「神力」で様々なスキルを使えるようにしてもらい――お人好しな神官アルフと街外れの愉快な仲間との温かな教会ぐらしが始まる！

◎定価：1320円（10％税込）　◎ISBN 978-4-434-31920-4　◎illustration：かわすみ

学園長のパワハラにうんざりし、長年勤めた学園をあっさり辞職した大賢者オーリン。不正はびこる自国に愛想をつかした彼が選んだ第二の人生は、自然豊かな離島で気ままな開拓生活をおくることだった。最後の教え子・パトリシアと共に南の離島を訪れたオーリンは、不可思議な難破船を発見。更にはそこに、大陸を揺るがす謎を解く鍵が隠されていると気付く。こうして島の秘密に挑むため離島でのスローライフを始めた彼のもとに、今や国家の中枢を担う存在となり、「黄金世代」と称えられる元教え子たちが次々集結して――!?
キャンプしたり、土いじりしたり、弟子たちを育てたり!?　引退賢者がおくる、悠々自適なリタイア生活！

●各定価：1320円（10%税込）　●Illustration：imoniii

異世界で水の大精霊やってます。
湖に転移した俺の働かない辺境開拓
ISEKAI DE MIZU NO DAI SEIREI YATTE MASU
1・2
著 穂高稲穂
HODAKA INAHO
アルファポリス
第2回次世代
ファンタジーカップ
「ユニークキャラクター賞」
受賞作!!!!!
居眠りしている間に人間卒業!?
全能の大精霊になってしまいました
居眠りから目が覚めると、別の世界に転移していた高校生の冴島凪。辺りは見知らぬ湖――というより、彼は湖そのものになっていた!?　流れ込む知識を頼りに、自分が湖の大精霊に転生したことを理解したナギは、怪我や病で苦しむ者たちを治していく。そんなある日、ナギは願いの声に導かれて、ある少年のもとに召喚される。奴隷となっていた少年たちを救い出すと、その後も彼を慕ってどんどん仲間が増えていき……湖畔開拓ファンタジー、開幕!
●各定価:1320円(10%税込)　●illustration:つなかわ
異世界で水の大精霊やってます。
湖に転移した俺の働かない辺境開拓
2
著 穂高稲穂
目が覚めたら怪物の封印、勇者の育成、
ついでに激レア子トラのお世話に引っ張りだこ!
大精霊の日々はやっぱり大忙し!!
「湖畔がにぎやかになりすぎてぐうたらする暇もないね」

この作品に対する皆様のご意見・ご感想をお待ちしております。

おハガキ・お手紙は以下の宛先にお送りください。

【宛先】

〒150-6008 東京都渋谷区恵比寿4-20-3 恵比寿ガーデンプレイスタワー 8F
（株）アルファポリス 書籍感想係

メールフォームでのご意見・ご感想は右のＱＲコードから、
あるいは以下のワードで検索をかけてください。

ご感想はこちらから

本書はWebサイト「アルファポリス」（https://www.alphapolis.co.jp/）に投稿されたものを、改題・改稿、加筆のうえ、書籍化したものです。

転生（てんせい）したら、なんか頼（たよ）られるんですが3

猫月（ねこづき） 晴（はる） 著

2023年5月31日初版発行

編集－和多萌子・宮坂剛
編集長－太田鉄平
発行者－梶本雄介
発行所－株式会社アルファポリス
〒150-6008 東京都渋谷区恵比寿4-20-3 恵比寿ガーデンプレイスタワー8F
TEL 03-6277-1601（営業） 03-6277-1602（編集）
URL https://www.alphapolis.co.jp/
発売元－株式会社星雲社（共同出版社・流通責任出版社）
〒112-0005 東京都文京区水道1-3-30
TEL 03-3868-3275
装丁・本文イラスト－たてじまうり
装丁デザイン－AFTERGLOW
印刷－図書印刷株式会社

価格はカバーに表示されてあります。

落丁乱丁の場合はアルファポリスまでご連絡ください。

送料は小社負担でお取り替えします。


ISBN978-4-434-32038-5 C0093